U0066493

瑞蘭國際

看看世界，認識日本
輕鬆互動學
日語五十音

虞安寿美、澤田尚美、羅曉勤　著

前言

＃符合「十二年國民基本教育課程綱要」的日語五十音學習書終於誕生！

＃適用於國中小・高中職・社區大學・大學的日語起步！

＃從日常生活中學習日語五十音，自然養成日語起步的基礎力！

　　在台灣，我們有許多的機會可以接觸到日語，當想學習日語時，碰到的第一個難關可能是五十音・假名。而五十音・假名只能死背嗎？當然死背也是一種很棒的學習方法。只是編者們一致認為語言的學習，不僅僅只是學習該語言形式的知識，也應該與學生息息相關的生活場景有所連結，進而開啟學生的國際觀及思考能力。同時，編者們也期待可以透過課堂活動的設計，提升學生的主動性及參與性。這樣的想法和108課綱的「自發・互動・共好」不謀而合。

　　因此，本書的設計，主要是希望能夠藉由有趣的課堂活動，帶領學生透過日常生活中的事物、或者是運用已學的知識，一同來探究五十音，且於探究的過程中，自然而然地便能聽辨或讀辨假名。此外，更希望藉由此書的活動設計，讓學生開啟學習日語的興趣，展開一趟有趣的日語假名學習之旅！

　　最後，衷心期待這本符合新課綱精神的教科書，對學生的日語學習及對教師的日語教學都能有所助益。

2022年10月

編者一同

虞安寿美　澤田 尚美　羅曉勤 らーこ

本書特色

1. 依據教育部公布之「十二年國民基本教育課程綱要總綱」理念的「自發・互動・共好」的精神，設計單元的教學活動。例如：

   ・每一課當中的「ウォーミングアップ」知識學習部分，是為了促進學生的「自發」學習。

   ・在個人學習之後，為了讓學生透過「互動」、或藉由和別人分享的過程去豐富自己的想法，所以設計了「Task」。而這樣的「Task」的設計還有一個用意，那就是學生在透過「互動」的過程中，除了會豐富彼此的想法，還會建立多元的視野，而此討論的過程，也符合課綱中的「共好」精神。

2. 參照「十二年國民基本教育課程綱要國民小學暨普通型高級中學校語文領域-英語文（第二外國語文）」中所提到的能力分級，編者認為在假名的學習上，課堂活動應該包括學習其知識、態度以及技巧。本冊以LEVEL 01的學習目標為主，特別是將學習重點及學習表現的焦點放在無任何日語基礎的學習者上，再搭配跨領域的概念去編排。

3. 所有的單元活動皆以Can-do進行設計，因此每個單元都有明確的學習目標。這是為了讓學習者及教師都能明確地理解每一個單元結束後，能夠達成的目標為何。

4. 本教材之內容安排，盡可能減少教師單方面的知識傳授，以能引發學生自主學習的活動為主，並在活動中能連結其他相關的學習領域，希望藉此激發學生的學習動機。

5. 本教材考量到學習檔案的建置概念，所有的學習單皆設計以可放入學習檔案的模式呈現。

6. 本教材的基本構成為「學習目標」、「ウォーミングアップ」、「Task」、「自我評量」。基本上每個單元皆有建議的授課堂數，教師可視實際的授課時數，挑選單元進行課程規劃。

本書使用方式

　　本書設計出12個單元來完成日語五十音假名的學習之路，並且希望學生藉由學習假名的過程，認識自己所處的多元文化的世界，以及深入認識日本。

■單元的介紹

　　如前述，本書不只是單純地帶領學生學習假名，編者群還希望學習者能利用已學的其它科目的知識，作為辨識日文假名的基礎，加深日文假名的學習。因此，本書的活動中會導入英語文子音與母音的概念，以理解日語發音的架構；而導入國語文的書寫體，是為了幫助讀辨日文假名的字型等。

　　另外，也為了讓學生知道，語文溝通的動機乃來自於想要深入了解異文化，因此書中會導入國際理解的活動，讓學生透過遊戲思考與不同語言的人進行溝通時的態度，以及了解台日家庭成員的組成方式。

　　最後，由於我們身處台灣，因此在學習日文假名的同時，也期待教師和學生們一起透過活動去看看自己周遭生活環境中的言語景觀，接著透過生活環境中的言語景觀，一起看看自己生活場域的歷史或居民。

　　以下表1，為本書整體的單元構成。

表 1 單元構成

單元	單元名稱	學習目標	跨領域	建議授課時間
Unit 01	以♥傳♥！比手畫腳！	能透過遊戲，培育對在國內使用外語者的包容心，並體驗積極溝通的重要性。	多元文化（國際理解）	1 堂課
Unit 02	一同認識日語的發音！	能運用已學英語的母音及子音系統，理解日語發音規則。	英語文	1 堂課
Unit 03	一同認識日語的文字！	能運用已學的國語文書法字體，來聯想推論日語的文字。	國語文	1 堂課

Unit 04	認識平假名（1）（あ（a）行～さ（sa）行）	能運用已學的國語文草書字體，來聯想推論日語的平假名五十音。	國語文	4 堂課～6 堂課[1]
Unit 05	認識平假名（2）（た（ta）行～は（ha）行）			
Unit 06	認識平假名（3）（ま（ma）行～わ（wa）行、ん（n））			
Unit 07	向世界問好！	1. 能理解打招呼的重要性，並一同看看世界各地的招呼語。 2. 能理解聲調和打招呼語的關連。	多元文化國際社會（國際理解）	4 堂課
Unit 08	周遭的人事物	能運用已學的五十音清音，來推論長音、濁音、半濁音、拗音、促音。	多元文化（國際理解）	4 堂課
Unit 09	認識片假名	1. 能從日文的菜單中，發現由片假名標示的料理、飲料，以理解片假名的特徵。 2. 能推測出每個片假名由哪個漢字而來，並試著找出幫助自己記憶的方法。	國語文	4 堂課
Unit 10	是什麼聲音？像什麼樣子？	能從動物的叫聲或自然現象所發出的聲音，發現自己常用的語言和其它語言的異同處。	多元文化・綜合領域	3 ～ 4 堂課

1 如果採用拼圖法來進行的話，此 Unit 04 ～ Unit 06 可在 4 課堂內完成。拼圖法教學可以參照「翻轉教育：親子天子 X 教與學的對話（2015/01/12）」中的相關檔案，檔案名稱為「應用分組合作學習拼圖法第二式，孩子各個是專家」https://flipedu.parenting.com.tw/article/176

		能運用習得的假名進行台灣美食的標音。	社會領域	3～4堂課
Unit 11	台灣的吃吃喝喝	能習得日語的「～は～です」句型，並運用此句型介紹台灣美食。	多元文化（國際理解）	3～4堂課
Unit 12	在台的外國情懷	能理解台灣街頭的多元社會情況。	多元文化（國際理解）	6堂課
附錄	1. エクササイズ			--
	2-1. 各 Unit 中「Task」的解答			
	2-2. エクササイズ解答			
	3. 五十音表			--

■本書授課（學習）流程

STEP 1 ・請教師先帶領學生一同確認學習目標，一起掌握每個學習單元結束後能獲得之能力為何。

・在課堂上，可利用插圖和每個Unit第一頁的問題與學習者互動，介紹課本的主題。

STEP 2 ・導讀「ウォーミングアップ」。

・「ウォーミングアップ」為每個單元的暖身活動，在此會介紹每個單元中每個教學目標的基本知識。

STEP 3 ・請教師結束「ウォーミングアップ」的導讀後，就導入相對應的「Task」。

・每個Unit有兩個或三個「Task」，是為了幫助學生達成該單元各個學習目標的學習活動單。

・「Task」主要是希望透過讓學生個人學習、一直到同儕共同學習，幫助其理解並應用該單元言語表達的知識。

・此教學活動的設計，主要是希望能培育學生的自學能力，以及讓學生發現團隊學習的共好。

STEP 4・「自我評量」主要是讓學生審視在課程活動結束後，自己的學習狀況，以及團隊合作對自己的幫助。

STEP 5・請教師結束該單元的所有課堂活動後，讓學生使用「エクササイズ」。

・此「エクササイズ」的目的是幫助學生審視其學習成效，而老師也可以將其視為知識評量單元。

如何掃描 QR Code 下載音檔

1. 以手機內建的相機或是掃描 QR Code 的 App 掃描封面的 QR Code。
2. 點選「雲端硬碟」的連結之後，進入音檔清單畫面，接著點選畫面右上角的「三個點」。
3. 點選「新增至「已加星號」專區」一欄，星星即會變成黃色或黑色，代表加入成功。
4. 開啟電腦，打開您的「雲端硬碟」網頁，點選左側欄位的「已加星號」。
5. 選擇該音檔資料夾，點滑鼠右鍵，選擇「下載」，即可將音檔存入電腦。

目次

Unit 01
以♥傳♥！比手畫腳！

學習目標：

1. 能理解傾聽的重要性。

2. 能發揮同理心，理解想說卻表達不出的心情，能更具包容心。

3. 能積極地使用溝通的技巧，達到相互溝通的目的。

如何跟周遭的人進行溝通呢？

ウォーミングアップ

想請問大家，你有去國外遊玩或在台灣碰到外國人時，卻不能使用中文的經驗嗎？回想看看在那個時候，為了要和他們溝通，你做了哪些努力呢？那時候你的心情又是如何呢？讓我們在Task 01中，重現一下類似的場景吧！

Task 01

良好的溝通：比手畫腳！

體驗看看用比手畫腳如何溝通！

1. 請教師先將同學分組，最好是 5 ～ 6 個人一組。
2. 請教師參照旅遊常用表現或成語當作題目，接著將準備好的題目讓各組同學隨機抽選。
3. 老師發給每組題目。
4. 拿到題目後，以比手畫腳的方法，向下一位同學傳達意思，以此類推。同學在說明或表演紙條的題目時，僅使用動作來表達，不可以發出聲音。

< 提醒 >

- 在進行 Task 01 時，請參與的各位同學專注一下自己的感覺及心情，並想想該感覺及心情，是在活動的哪個環節產生的。
- 完成 Task 01 後，請填寫下頁的學習單。

活動結束後的反思學習單 [1]

1. 你還記得剛剛的活動中，發生了什麼事情嗎？

2. 在剛剛的活動中，你覺得自己做得最好的是什麼呢？

3. 在剛剛的活動中，
   我在比的時候：

他們懂了嗎？
心情或感覺：

-
-
-

發生的場景：

-
-
-

我在猜測的時候：

他／她想要表達什麼？
心情或感覺：

-
-
-

發生的場景：

-
-
-

---

[1]　老師可依據課堂進度，以個人→小組→全班的順序進行反思；也可單獨以個人、小組，或全班的方式一同進行反思。

4. 從以上的活動，作為一個外語學習者或外語使用者，你覺得自己需要努力
   的地方是：

안녕하세요 bonjour Ahoj
привет こんにちは！Hola
Hallå Buon pomeriggio.
HELLO!! สวัสดี أهلا

5. 從以上的行為，一起想想，作為一位母語者，我們在對待學習中文的外國
   人，或面對使用中文在台灣生活的外國人，我們的態度及對應最好是：

1. 透過此單元的教學活動，我能理解傾聽的重要性。

    非常同意 -- 非常不同意

        4   3   2   1

2. 透過此單元的教學活動，在溝通不順暢時，我能更具包容心。

    非常同意 -- 非常不同意

        4   3   2   1

3. 透過此單元的教學活動，我能理解想說卻表達不出來的心情。

    非常同意 -- 非常不同意

        4   3   2   1

4. 透過此單元的教學活動，我能積極地使用溝通的技巧來達到相互溝通的目的。

    非常同意 -- 非常不同意

        4   3   2   1

5. 在這個單元的教室活動中，我從組員 ＿＿＿＿＿＿＿ 那裡學到最多（請於下線填入組員姓名），並於下方的下線寫出具體的理由：

_____

_____

註：在撰寫從同儕那裡學到的東西時，可以從學習單上去思考，是在學習單的哪一個部分，還有同組的誰說的什麼事，讓你對學習單有更深刻的理解。

Unit 02
一同認識日語的發音！

學習目標：

1. 能運用已習得的英語母音及子音的規則，分析日語的發音規則。
2. 能辨識日語的發音組合，並能讀出其發音。

用英語說說看！！用英語音標拼拼看！！

ウォーミングアップ01

　　還記得在英語課中，學到的母音及子音嗎？我們今天就利用母音及子音的概念，來進入日語的發音學習。在那之前，我們先來看看哪些是母音、哪些是子音？

ウォーミングアップ02

　　日語基本上是一個假名為一個音節，日語的音節是以母音結尾，或者是以「子音加母音」結尾。

　　日語中只有5個母音（有些人稱為元音），也就是我們常聽到的「a」、「i」、「u」、「e」、「o」。而子音，則有「k」、「s」、「t」、「n」、「h」、「m」、「y」、「r」、「w」。日語發音的「五十音表」，就是由這5個母音及「子音＋母音」組合成為日語的清音，再加上撥音「ん（n）」所構成的圖表。而日語學習的基礎就是這個「五十音表」，至於後面的濁音、半濁音、拗音，都是由此衍生出來的。

　　請參考本書後面的「五十音表」。五十音表的橫向稱為「段」，每段10個假名，共有5段。縱向稱為「行」，每行5個假名，共有10行。各行各段均以第一個假名命名，如あ（a）行、か（ka）行、さ（sa）行……，以及あ（a）段、い（i）段、う（u）段……。但日語的五十音表，真的有50個嗎？我們一起來看看！

Task 01

母音？子音？

　　分類看看！請回想英語中學過的母音及子音，思考下列框框中的字母，是母音還是子音呢？請分類看看！

　　接著請和同學互相對答案，確認一下自己對母音跟子音的認識是否正確。

k t a i h u e s n o m y r

母音：

子音：

一起學習日語的母音吧！

1. 連連看！這五張圖分別是日語中 5 個母音發音的嘴型。猜猜看，下列的嘴型是哪一個母音呢？

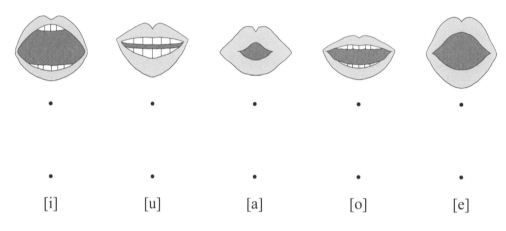

　　·　　　　　　·　　　　　　·　　　　　　·　　　　　　·

　　·　　　　　　·　　　　　　·　　　　　　·　　　　　　·

　[i]　　　　　[u]　　　　　[a]　　　　　[o]　　　　　[e]

2. 試著發音看看！

3. 日語和英語的母音，發音是一樣的嗎？　🎧 MP3-001

　① [a]　　　　② [i]　　　　③ [u]　　　　④ [e]　　　　⑤ [o]

4. 請和同學互相確認，如果有不一樣的地方，和同學分享你的想法。

🎧 Task 03

還記得什麼是日語中的「行」？
什麼是「段」嗎？馬上來練習看看！

1. 試試填寫以下表格！

⑩	⑨	⑧	⑦	⑥	⑤	④	③	②	①	子音／母音
[w]	[r]	[y]	[m]	[h]	[n]	[t]	[s]	[k]	—	
								ka	a	[a]
╱		╱							i	[i]
╱									u	[u]
╱		╱							e	[e]
									o	[o]

2. 試著發音看看。比較難發音的是哪一個呢？請圈起來！

3. 聽聽看每行的發音，有沒有發音和標記不一樣的地方？再一起確認看看！

 MP3-002

① ② ③ ④ ⑤ ⑥ ⑦ ⑧ ⑨ ⑩

4. 請和同學分享 1～3 的回答，如果有不一樣的地方，互相討論自己的想法。

Unit 02	自我評量	日期：
班級：	座號：	姓名：

1. 我知道什麼是母音跟子音。

   非常同意 --- 非常不同意
        4   3   2   1

2. 我知道日語的發音規則是：

   A　母音＋子音

   B　子音＋母音

3. 我會看羅馬拼音，並唸出日語五十音的發音。

   非常同意 --- 非常不同意
        4   3   2   1

4. 在這個單元的教室活動中，我從組員 ＿＿＿＿＿＿ 那裡學到最多（請於下線填入組員姓名），並於下方的下線寫出具體的理由：

   _____

   _____

   _____

註：在撰寫從同儕那裡學到的東西時，可以從學習單上去思考，是在學習單的哪一個部分，還有同組的誰說的什麼事，讓你對學習單有更深刻的理解。

Unit 03
一同認識日語的文字！

學習目標：

1. 能理解並辨識中文的書法字型與日語的平假名形成的關係。
2. 能理解並辨識中文的書法字型與日語的片假名形成的關係。

篆字的 **㞢** ·

古字的 **孑** ·

篆字的 **厃** ·

· **ㄅ**

· **ㄉ**

· **ㄊ**

連連看！

ウォーミングアップ

　　大家知道日本的文字來自哪裡嗎？其實日本的文字來自中文的書法字型喔！

　　最初日語的每一個音，都是由一個漢字表達。後來在公元九世紀，日本人以漢字為基礎創造了假名，而假名又分為平假名和片假名。具體的做法是：將中文的草書衍生成平假名，把中文楷書的偏旁改成片假名。例如平假名的「あ（a）」，乃由漢字的「安」簡化而來的；而片假名的「ア（a）」，則是漢字「阿」的一部分。

　　最早，日本的正式文章即官方的正式文件都是漢字組成的文章，而片假名是正式文章或僧侶讀經典時用來做標音的符號，至於平假名則是女性所用的文字。但傳到現在，日語中常用的漢字約有二千多個，而片假名成了外來語的標示，如飯店的「hotel」，日語標為「ホテル（ho te ru）」，至於平假名除了作為一般語意的表意，如：「おいしい（o i shi i）」（好吃的），還有成為日本漢字的標音，如：「漫画（ma n ga）」，再來就是用來擔任文法的功能，如助詞「を（wo）、が（ga）、に（ni）、で（de）」等等。

Task 01
一起來學習日語的文字吧！

1. 這裡有五種中文的書法，大家一起分類看看。

A

B

C

D

E

出典：國立故宮博物院「故宮典藏資料檢索」https://digitalarchive.npm.gov.tw/

（1）楷書（　　　）　（2）篆書（　　　）　（3）行書（　　　）

（4）草書（　　　）　（5）隸書（　　　）

2. 跟日語有關的是哪兩個字體，且是從哪裡推論出來的呢？請互相討論自己的想法。

   _____　　_____

3. 以下是車站的看板。

   （1）請看此圖，確認其中有幾種表現方式？

   你的答案：_____

   （2）以下是日本的車站的站牌，你看到幾種不同的文字？

   你的答案：_____

（3）從下面的看板中，你看到幾種不同的文字？

你的答案：＿＿＿＿＿＿＿＿＿＿＿＿

（4）想想看：為什麼這些地方的站名，會有這麼多種文字表記呢？請先
寫下自己的想法後，再和小組成員互相討論，看看班上同學有什麼
想法。

Ｔａｓｋ０２
有關日語文字的起源，你記得多少呢？

請回答下面的問題，覺得答案對的話，請寫「○」，不對的話，請寫「×」。

1. 很久以前日文沒有漢字？

  答案是

2. 日本人以中文漢字為基礎創造了假名？

  答案是

3. 日文文字的表現方式有四種？

  答案是

4. 片假名用來表示從外國來的東西？

  答案是

5. 日文裡沒有漢字？

  答案是

1. 我能理解日語的平假名的由來。

      非常同意 -- 非常不同意

          4   3   2   1

2. 我能理解日語的片假名的由來。

      非常同意 -- 非常不同意

          4   3   2   1

3. 在這個單元的教室活動中，我從組員 ＿＿＿＿＿＿＿ 那裡學到最多（請於下線填入組員姓名），並於下方的下線寫出具體的理由：

____

____

____

註：在撰寫從同儕那裡學到的東西時，可以從學習單上去思考，是在學習單的哪一個部分，還有同組的誰說的什麼事，讓你對學習單有更深刻的理解。

Unit 04
認識平假名（1）
（あ（a）行～さ（sa）行）

學習目標：

1. 能再次理解及辨識日語假名表中的「行」和「段」的概念。
2. 能從中文的書法字體去推論出「あ（a）行～さ（sa）行」的漢字字源，並從和字源的關係中去想像如何辨識「あ（a）行～さ（sa）行」。
3. 能自行辨識「あ（a）行～さ（sa）行」的平假名。

這些商品上面的字是什麼呢？

ウォーミングアップ 01

　你還記得五十音表中，何謂「行」、何謂「段」嗎？你能使用自己的話來說明嗎？聽完同學的說明，我們來挑戰看看你還記得多少？

ウォーミングアップ 02

　你還記得我們在Unit 03有講到中文的書法字體和日本假名的關係嗎？我們現在就要透過草書來聯想日語五十音的平假名，先來看看「あ（a）行～さ（sa）行」。

ウォーミングアップ 03

　在辨識完「あ（a）行～さ（sa）行」的同時，你只要組合一下假名，就可以變成一些生活單字了，不信的話一起來試看看！

Task 01

還記得什麼是日語中的「行」、 什麼是「段」嗎？馬上來練習看看！

請看下面的五十音表。想想 ⬭ 跟 ⬭ 是「行」還是「段」呢？請在【 】中填入。然後，請在【 】裡寫あ行、か行……，以及あ段、い段……。

← 【 】

	【 】	【 】	【 】	【 】	【 】	【 】	【 】	【 】	【 】	【 】		
ん n	わ wa	ら ra	や ya	ま ma	は ha	な na	た ta	さ sa	か ka	あ a	【 】	【 】
		り ri		み mi	ひ hi	に ni	ち ti (chi)*	し si (shi)*	き ki	い i	【 】	
		る ru	ゆ yu	む mu	ふ hu (fu)*	ぬ nu	つ tu (tsu)*	す su	く ku	う u	【 】	
		れ re		め me	へ he	ね ne	て te	せ se	け ke	え e	【 】	
	を wo	ろ ro	よ yo	も mo	ほ ho	の no	と to	そ so	こ ko	お o	【 】	

1. 請把「か（ka）行」圈起來。
2. 請把「え（e）段」圈起來。
3. 「こ（ko）」是_____行的_____段的字。
4. 「に（ni）」是_____行的_____段的字。
5. 請唸「う（u）段」的字。
6. 請唸「ま（ma）行」的字。

< 提醒 >

* 在 Unit 02 的 Task 03 中，我們有提到發音跟標記會有不同，在上表中可以發現し（si ／ shi）、ち（ti ／ chi）、つ（tu ／ tsu）、ふ（hu ／ fu）有二個發音的表記，接下來本書會採用し（shi）、ち（chi）、つ（tsu）、ふ（fu）的方式來呈現。

Task 02

連連看，
哪個漢字和哪個平假名是有關連的呢？

　　接下來我們要練習「あ（a）行」到「さ（sa）行」的平假名囉！你準備好了嗎？還記得我們在Unit 03一起學習到平假名是來自草書嗎？接下來我們一起發揮聯想力，想想看框框中的漢字如何轉化成對應的平假名？請先寫下自己的想法後，再和班上同學分享自己或小組的想法。

あ（a）行 ｜ 安　於　以　宇　衣

漢字					
從哪裡聯想到的呢？					
平假名	あ a	い i	う u	え e	お o

か（ka）行　　幾　加　計　己　久

漢字					
從哪裡聯想到的呢？					
平假名	か ka	き ki	く ku	け ke	こ ko

さ（sa）行　　左　之　寸　世　曾

漢字					
從哪裡聯想到的呢？					
平假名	さ sa	し shi	す su	せ se	そ so

讀讀看！
「あ（a）行～さ（sa）行」的單字。

1. 請試著將下列的平假名唸出來，並在羅馬拼音的欄位上寫出其單字的羅馬拼音，同時和同學一起確認發音。 🎧 MP3-003

平假名	すし	いけ	かき	うし
羅馬拼音	su shi			

平假名	おかし	いす	いし	しか
羅馬拼音				

平假名	さけ	すいか	くさ	こい
羅馬拼音				

平假名	あせ	こい	しお	うそ
羅馬拼音				

平假名	かき	い	せかい	いえ
羅馬拼音				

2. 平假名描寫練習。 🎧 MP3-004

平假名描寫練習	すし	いけ	かき	うし
羅馬拼音	su shi	i ke	ka ki	u shi

平假名描寫練習	おかし	こい	あせ	うそ
羅馬拼音	o ka shi	ko i	a se	u so

平假名描寫練習	くさ	いえ
羅馬拼音	ku sa	i e

1. 我能從中文的書法字體去推測和日語平假名「あ（a）～そ（so）」的關係。

    非常同意 -- 非常不同意

        4   3   2   1

2. 在經過學習單的訓練後，我能辨識並唸出日語平假名「あ（a）～そ（so）」。

    非常同意 -- 非常不同意

        4   3   2   1

3. 在這個單元的教室活動中，我從組員 _____ 那裡學到最多（請於下線填入組員姓名），並於下方的下線寫出具體的理由：

    _____

    _____

    _____

註：在撰寫從同儕那裡學到的東西時，可以從學習單上去思考，是在學習單的哪一個部分，還有同組的誰說的什麼事，讓你對學習單有更深刻的理解。

Unit 05
認識平假名（2）
（た（ta）行～は（ha）行）

學習目標：

1. 能從中文的書法字體去推論出「た（ta）行～は（ha）行」的漢字字源，並從和字源的關係中去想像如何辨識「た（ta）行～は（ha）行」。

2. 能自行辨識「た（ta）行～は（ha）行」的平假名。

你玩過「歌留多」嗎？

ウォーミングアップ 01

你還記得我們在Unit 03有講到中文的書法字體和日本假名的關係嗎？我們現在就要透過草書來聯想日語五十音的平假名，先來看看「た（ta）行～は（ha）行」。

ウォーミングアップ 02

你曉得什麼是「歌牌」嗎？日語的漢字表記成「歌留多（ka ru ta）」，有時也會聽到有人叫它為「花牌」。「歌留多（ka ru ta）」的語源是來自葡萄牙語的「carta」，也就是「紙牌」的意思。歌牌是日本過年時會出現的一種紙牌遊戲，從江戶時代中期開始盛行，在過去是日本宮廷遊戲，近期才演變成競技項目。

在大家辨識完「た（ta）行～は（ha）行」，再加上之前的「あ（a）行～さ（sa）行」之後，我們就可以試著將「歌牌」的玩法導入練習中。來吧！一起來玩玩變化版的「歌牌」遊戲吧！

變化版的歌牌遊戲規則：

1. 擺牌。
2. 記憶時間：約 3 分鐘，玩家須於時間內盡可能記熟歌牌位置，以方便快速搶牌。

3. 空揮：賽前 1 分鐘可做空揮（搶牌動作）的練習。

4. 搶牌用左右手皆可，但只可用一隻手，未搶牌時手不可超出競技線。首先拍掉或碰到正確牌者即算搶到牌。

　　正規版的歌牌遊戲規則更多，有興趣的同學可以再自行更加深入研究喔！

05

Task01

連連看，
哪個漢字和哪個平假名是有關連的呢？

接下來我們要練習「た（ta）行」到「は（ha）行」的平假名囉！你準備好了嗎？還記得我們在Unit 03一起學習到平假名是來自草書嗎？接下來我們一起發揮聯想力，想想看框框中的漢字如何轉化成對應的平假名？請先寫下自己的想法後，再和班上同學分享自己或小組的想法。

た（ta）行	知　　川　　太　　止　　天

漢字					
從哪裡聯想到的呢？					
平假名	た ta	ち chi	つ tsu	て te	と to

| な (na) 行 | | 仁　奈　奴　乃　祢 | | | |

漢字					
從哪裡聯想 到的呢？					
平假名	な na	に ni	ぬ nu	ね ne	の no

| は (ha) 行 | | 不　波　部　保　比 | | | |

漢字					
從哪裡聯想 到的呢？					
平假名	は ha	ひ hi	ふ fu	へ he	ほ ho

05

讀讀看！
「た（ta）行～は（ha）行」的單字。

1. 請試著將下列的平假名唸出來，並在羅馬拼音的欄位上寫出其單字的羅馬拼音，同時和同學一起確認發音。 🎧 MP3-005

平假名	たこ	たけ	ちかてつ	つき
羅馬拼音	ta ko			

平假名	さかな	おかね	にく	ほね
羅馬拼音				

平假名	はし	いぬ	ねこ	ふね
羅馬拼音				

平假名	はと	はち	ひふか	ほし
羅馬拼音				

平假名	くのいち	て	へ	へそ
羅馬拼音				

2. 平假名描寫練習。 🎧 MP3-006

平假名 描寫練習	さかな	おかね	へ	て
羅馬拼音	sa ka na	o ka ne	he	te

平假名 描寫練習	いぬ	ねこ	はと	たけ
羅馬拼音	i nu	ne ko	ha to	ta ke

平假名 描寫練習	ほし	ひふか	つき	くのいち
羅馬拼音	ho shi	hi fu ka	tsu ki	ku no i chi

1. 我能從中文的書法字體去推測和日語平假名「た（ta）～ほ（ho）」的關係。

  非常同意 -- 非常不同意

    4   3   2   1

2. 在經過學習單的訓練後，我能辨識並唸出日語平假名「た（ta）～ほ（ho）」。

  非常同意 -- 非常不同意

    4   3   2   1

3. 在這個單元的教室活動中，我從組員 _____ 那裡學到最多（請於下線填入組員姓名），並於下方的下線寫出具體的理由：

_____

_____

_____

註：在撰寫從同儕那裡學到的東西時，可以從學習單上去思考，是在學習單的哪一個部分，還有同組的誰說的什麼事，讓你對學習單有更深刻的理解。

Unit 06
認識平假名（3）
（ま（ma）行～わ（wa）行、ん（n））

學習目標：

1. 能從中文的書法字體去推論出「ま（ma）行～わ（wa）行」跟「ん（n）」的漢字字源，並從和字源的關係中去想像如何辨識「ま（ma）行～わ（wa）行」跟「ん（n）」。
2. 能自行辨識「ま（ma）行～わ（wa）行」跟「ん（n）」的平假名。

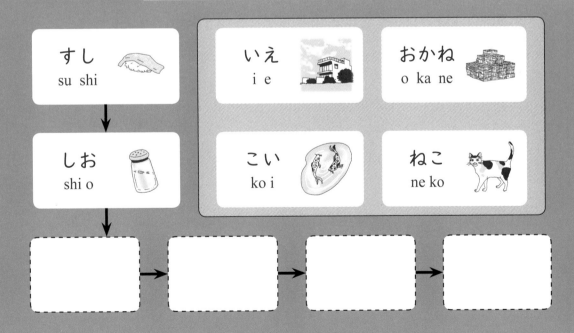

すし su shi	
↓	
しお shi o	

いえ i e		おかね o ka ne	
こい ko i		ねこ ne ko	

□ → □ → □ → □

「接龍遊戲」玩玩看！

ウォーミングアップ 01

　在經過Unit 04跟Unit 05的學習活動後，大家是否都能從草書和日語假名的關連，記住日語「あ（a）行～は（ha）行」的平假名了呢？

　現在我們要進入最終階段了，讓我們再接再厲地透過草書來聯想日語五十音平假名的「ま（ma）行～わ（wa）行」跟「ん（n）」。

ウォーミングアップ 02

　我們來看看利用「ま（ma）行～わ（wa）行」跟「ん（n）」並搭配歌牌遊戲，可以辨識到多少的生活單字？レッツゴー（Let's go!）

Task01

連連看，
哪個漢字和哪個平假名是有關連的呢？

接下來我們要練習「ま（ma）行」到「わ（wa）行」跟「ん（n）」的平假名囉！你準備好了嗎？還記得我們在Unit 03一起學習到平假名是來自草書嗎？接下來我們一起發揮聯想力，想想看框框中的漢字如何轉化成對應的平假名？請先寫下自己的想法後，再和班上同學分享自己或小組的想法。

| ま（ma）行 | 美 女 末 毛 武 |

漢字					
從哪裡聯想 到的呢？					
平假名	ま ma	み mi	む mu	め me	も mo

06

057

や（ya）行

与　也　由

漢字			
從哪裡聯想到的呢？			
平假名	や ya	ゆ yu	よ yo

ら（ra）行

留　良　礼　呂　利

漢字					
從哪裡聯想到的呢？					
平假名	ら ra	り ri	る ru	れ re	ろ ro

无　和　袁

漢字			
從哪裡聯想到的呢？			
平假名	わ wa	を wo	ん n

06

Task 02

讀讀看！
「ま（ma）行～わ（wa）行」、「ん（n）」的單字。

1. 請試著將下列的平假名唸出來，並在羅馬拼音的欄位上寫出其單字的羅馬拼音，同時和同學一起確認發音。 🎧 MP3-007

平假名	みかん	くり	もも	れんこん
羅馬拼音	mi ka n			

平假名	やきにく	とんかつ	やま	うみ
羅馬拼音				

平假名	よる	かわ	あめ	くもり
羅馬拼音				

平假名	はれ	かみなり	ゆき	くるま
羅馬拼音				

平假名	おふろ	にわとり	ひよこ	むし
羅馬拼音				

2. 平假名描寫練習。 MP3-008

平假名 描寫練習	まめ	みかん	やきいも	ゆき
羅馬拼音	ma me	mi ka n	ya ki i mo	yu ki

平假名 描寫練習	よる	れんあい	わたあめ	とら
羅馬拼音	yo ru	re n a i	wa ta a me	to ra

平假名 描寫練習	いろ	くすり	むし
羅馬拼音	i ro	ku su ri	mu shi

1. 我能從中文的書法字體去推測和日語平假名「ま（ma）～ん（n）」的關係。

   非常同意 -- 非常不同意

        4   3   2   1

2. 在經過學習單的訓練後，我能辨識並唸出日語平假名「ま（ma）～ん（n）」。

   非常同意 -- 非常不同意

        4   3   2   1

3. 在這個單元的教室活動中，我從組員 _____ 那裡學到最多（請於下線填入組員姓名），並於下方的下線寫出具體的理由：

   _____

   _____

   _____

註：在撰寫從同儕那裡學到的東西時，可以從學習單上去思考，是在學習單的哪一個部分，還有同組的誰說的什麼事，讓你對學習單有更深刻的理解。

Unit 07
向世界問好！

學習目標：

1. 能理解自己生活的多元社會裡，有各種多元以及多語言的打招呼方式。
2. 能對日語的打招呼語有興趣，並使用簡單的日語打招呼。
3. 能注意到面對不同的對象，所使用的招呼方式會不同，藉此理解打招呼的多種樣貌。
4. 能將自己的心情結合適當的打招呼方式。

跟人問候時，你會說什麼？

ウォーミングアップ 01

你知道一年有多少外國人來台觀光嗎？你有聽過「新住民」這個名詞嗎？根據移民署官網，所謂的新住民是指因結婚、移民而來台定居的外國人士。那麼，你知道台灣現在有多少新住民嗎？

此外，當你走在路上，有沒有聽過有人在交談時，用的不是中文也不是台語、客語等嗎？其實我們生活在很多元的社會，我們的周遭有來自世界各地的人，其來台的目的也都不同，現在，就讓我們來認識一下台灣的多元社會吧！

ウォーミングアップ 02

在台灣，當我們進到日式和日本的連鎖店時，常常會聽到「いらっしゃいませ（i ra●sha i ma se）」這樣的招呼語。身為一位日語學習者，我們當然要理解並能應用日語的招呼語。

日語的打招呼稱為「あいさつ（a i sa tsu）」，「あいさつ」的每一個假名都有其對應的意思，讓我們一起來看看。

あ＝明るく、温かく（有精神、和藹可親）
a　a ka ru ku、a ta ta ka ku

い＝いつでも、誰にでも（隨時隨地，不分對象）
i　i tsu de mo、da re ni de mo

さ＝先に、進んで（向人問好，由自己開始）
sa　sa ki ni、su su n de

つ＝続けて、次の言葉を（延續話題，由自己開始）
tsu tsu du ke te、tsu gi no ko to ba wo

由此可知，打招呼語是我們建立人際關係的要素。所以，讓我們一起來學習日常生活裡的日語打招呼方式吧！

ウォーミングアップ 03

　　想想看，當你在使用中文打招呼時，是否會因時因人而異呢？例如和朋友分開時，會說什麼呢？早上離開家門時，會向家裡的人說什麼呢？在店家買完東西結賬後，會向店員說什麼呢？如果是很熟悉的店家呢？以及上課前、下課後，會不會跟老師或同學打招呼呢？再想想看，上述這些情況，是否會因時因人因地而打招呼的方式有點不同呢？日語也是喔！讓我們一起先從日語的早安版本，來看看有何不同！

我出門了，今天要補習哦！

弟弟（妹妹）A 餐好了。

哦，謝謝！

ㄇㄧㄢ、ㄐㄧㄢ，BYE-BYE！

老師，明天見。

老師，BYE-BYE！

おはよう
ございます。

おはよう。

ウォーミングアップ 04

　　想想看，即使是同一句話，是否會因為我們的心情不同，而使用的語調也跟著不同，然後就給人不同的感覺呢？特別是在跟別人道歉的時候，配合不同的情境，即使是同一種語言，聲調不同，給人的感覺也會跟著不同，所以我們也需要使用不同的聲調，才能完整地表達我們的歉意。接下來，讓我們來練習，如何將我們的情緒融入日語的招呼語中吧！我們這次來練習的是「すみません（su mi ma se n）」！請看圖選出符合此場景的「すみません（su mi ma se n）」是①②③的哪一個。

①ごめんなさい（對不起）
　go me n na sa i

②ありがとう（謝謝）
　a ri ga to u

③いいですか（可以嗎？）
　i i de su ka

（　　）

すみません
su mi ma se n

（　　）

すみません
su mi ma se n

（　　）

すみません
su mi ma se n

🖊 Task 01

來看看我們的生活周遭有哪些新住民或外國觀光遊客，你曉得這些地方或國家的招呼語嗎？

1. 先來看看台灣有多少新住民或外國觀光客。請遵從教師的指示，完成任務。

任務 1：台灣的人口數＿＿＿＿＿＿＿

任務 2：我居住城市的人口數＿＿＿＿＿＿＿

我（們）的任務（勾選）：□新住民排行榜　□來台觀光客

	國名	□在台人數 □訪台人數	你知道那個國家如何 打招呼嗎？
1			知道 ・ 不知道
2			知道 ・ 不知道
3			知道 ・ 不知道
4			知道 ・ 不知道
5			知道 ・ 不知道
6			知道 ・ 不知道
7			知道 ・ 不知道
8			知道 ・ 不知道
9			知道 ・ 不知道
10			知道 ・ 不知道

＊如果是調查新住民的人數，在台人數可以更改成所住區域的新住民人數。

07

2. 在 1 的任務中，你知道你勾選出的國外或海外地區的招呼語嗎？接下來，
   邀請大家用「國字」或「注音」或「英語字母」、「日語假名」，標示你
   所知道的招呼語，並和同學們分享！

例
國　名：泰國
招呼語：三碗豬腳（台語）

國　名：＿＿＿＿＿＿
招呼語：＿＿＿＿＿＿

國　名：＿＿＿＿＿＿
招呼語：＿＿＿＿＿＿

國　名：＿＿＿＿＿＿
招呼語：＿＿＿＿＿＿

Task02
來！我們一起來學習用日語打招呼吧！

1.聽聽看！看圖學習日語的招呼語！ MP3-009

2.說說看：藉由「心臟病」的遊戲，來「看圖開口練習日語的招呼語」！二
人一組練習看看吧！

⟩ Task03

讓我們來看看同一情境，由於對象不同，
招呼方式也會跟著不一樣的日語吧！

1. 想想看！早上會碰到誰，你又會跟他／她如何打招呼？然後和組內的成
   員，互相看看對方寫了些什麼？最後，把你覺得有趣的地方，使用不同顏
   色的筆寫入。

跟誰？ 在哪裡？	跟誰？ 在哪裡？
跟誰？ 在哪裡？	跟誰？ 在哪裡？

07

2. 聽聽看！圖中的高中生，在哪裡使用日語並跟誰道早安呢？她所使用的日
   語，又有什麼不同呢？請在聽到的表達前打勾。 🎧 MP3-010

① 　　　　　　　　　　　②

□おはよう
o ha yo u

□おはよう
o ha yo u

□おはよう
　ございます
o ha yo u
go za i ma su

□おはよう
　ございます
o ha yo u
go za i ma su

□おはよう
o ha yo u

□おはよう
o ha yo u

□おはよう
　ございます
o ha yo u
go za i ma su

□おはよう
　ございます
o ha yo u
go za i ma su

□おっす
o●su

□おっす
o●su

跟誰打招呼？＿＿＿＿＿＿

在哪裡？＿＿＿＿＿＿

跟誰打招呼？＿＿＿＿＿＿

在哪裡？＿＿＿＿＿＿

③

□おはよう
o ha yo u

□おはよう
　ございます
o ha yo u
go za i ma su

□おはよう
o ha yo u

□おはよう
　ございます
o ha yo u
go za i ma su

跟誰打招呼？＿＿＿＿＿＿
在哪裡？＿＿＿＿＿＿

④

□おはよう
o ha yo u

□おはよう
　ございます
o ha yo u
go za i ma su

□おはよう
o ha yo u

□おはよう
　ございます
o ha yo u
go za i ma su

跟誰打招呼？＿＿＿＿＿＿
在哪裡？＿＿＿＿＿＿

3. 你從 1 跟 2 的中日文比較中，有沒有什麼發現？且這個發現是從哪裡來的
呢？將你的發現，於全班活動時進行分享。

Task 04

試試看，將自己的情緒加入招呼語中。

1. 聽聽看！請聽聽①～③的日語，並想想是發生在什麼場景下？

 MP3-011

2. 說說看！看圖想想，在以下的場景，該如何加入情緒調整自己的聲調。請使用「すみません（su mi ma se n）」表達自己的歉意，並和同學練習看看。

3. 使用以下框框內的日語表達，畫出一個以打招呼為主題的漫畫，或者由小組選出各自的台詞，來演個小短劇吧！

おはよう o ha yo u	おはようございます o ha yo u go za i ma su	こんにちは ko n ni chi wa
いただきます i ta da ki ma su	こんばんは ko n ba n wa	さようなら sa yo u na ra
ありがとう a ri ga to u	すみません su mi ma se n	いいえ i i e

情境：＿＿＿＿＿＿＿＿＿＿＿＿＿＿＿＿＿＿＿＿＿＿＿＿＿＿＿

＿＿＿＿＿＿＿＿＿＿＿＿＿＿＿＿＿＿＿＿＿＿＿＿＿＿＿

07

例 評價表

各個項目所占的比例，教師可視教學目標及成效在班級上自行決定。

等級 評價 項目 （ ％）		A	B	C	D	評分
打招呼 日語表達 （ ％）		6 個以上	4 個以上	2 個以上	1 個以上	
場景性 （ ％）		不論是漫畫 或者是短劇， 都有連貫性， 很好懂也饒 富趣味。	不論是漫畫 或者是短劇， 都有連貫性， 很好懂。	不論是漫畫或 者是短劇，都 需要一點猜測 跟確認，才能 知道意思是否 正確。	不太懂情境 間的連貫性， 希望能多加 說明。	
表達力 （ ％）	漫畫	有使用字型 大小、字體的 不同以及符 號，來展現 角色的情緒。	有使用字型 大小或字體 的不同，來 展現角色的 情緒。	只使用字型或 字體或符號來 展現角色。	只把台詞寫 入漫畫中。	
	短劇	發音跟音調 很清晰，並 將情感融入 角色中。	很有情感，但 發音或音調， 須從前後文 來猜測意思。	發音跟音調很 清晰，但缺乏 情感。	發音跟音調 都不清晰，並 且缺乏情感。	
總計 （100%）						／ 100

加分項目

貢獻度 （ ％）	你手頭上有 10 分，請依照組員的貢獻度給予分數，在以下分數括號內 填入該得分的組員姓名。 5分（　　　）；3分（　　　）；2分（　　　）

1. 透過此次的教室活動，我意識到台灣社會集合了多元文化。

     非常同意 --- 非常不同意

       4   3   2   1

2. 我會使用簡單的日語打招呼。

     非常同意 --- 非常不同意

       4   3   2   1

3. 我理解到即使是相同情境，也會依對象的不同，打招呼的言語形式跟著不同。

     非常同意 --- 非常不同意

       4   3   2   1

4. 我理解到在打招呼時，自己說話的語調是非常重要的。

     非常同意 --- 非常不同意

       4   3   2   1

5. 在這個單元的教室活動中，我從組員 _____ 那裡學到最多（請於下線填入組員姓名），並於下方的下線寫出具體的理由：

     _____

     _____

註：在撰寫從同儕那裡學到的東西時，可以從學習單上去思考，是在學習單的哪一個部分，還有同組的誰說的什麼事，讓你對學習單有更深刻的理解。

Unit 08
周遭的人事物

學習目標：

1. 能從中文的家族稱謂，推斷出日語表達中對應的家族關係。
2. 能從推斷出來的日語家族稱謂中，發現並理解長音、濁音的發音和書寫規則，並能讀出其發音。
3. 能從學校裡人際關係的中文稱謂，推斷出日語表達中對應的學校人際關係之稱呼。
4. 能從推斷出來的學校人際關係之稱呼中，發現並理解半濁音的發音和書寫規則，並能讀出其發音。
5. 能透過比較中文及日語的家族稱謂，思考台日的家庭觀念及家族構造之異同。
6. 延展目標：能進一步地思考家族構造的變化及家庭觀念的變化。能藉由訪談自己的父母或祖父母小時候的家庭構造，並以已學的日語家族稱謂，畫出父母或祖父母那一代的家族關係圖。

我晚一點到。

好，我疼（等）你。

小明

小明為什麼嚇一跳？

ウォーミングアップ 01

　　家族會分成直系和旁系，你知道何謂直系、何謂旁系嗎？

　　在進入旁系的稱謂之前，我們先一起來看看核心家族中，台日稱謂之異同，並透過核心家族稱謂，一同來學習日語裡的「長音」規則。

おかあさん！
o ka a sa n

おかさん？おかあさん？
o ka sa n　　o ka a sa n

岡（oka）小姐

這女人為什麼看起來
艦尬？

日語中所謂的「長音」，是指出現二個母音時，須維持母音在發音上的長度，同時「長音」和「非長音」在語意上也會有所區別。由於長音有其發音上的規則限制，讓我們一起來整理並學習日語長音的發音規則吧。

長音的發音規則

【あ a 段的假名】＋ あ→【母音 a 拉長】
【い i 段的假名】＋ い→【母音 i 拉長】
【う u 段的假名】＋ う→【母音 u 拉長】
【え e 段的假名】＋ え→【母音 e 拉長】
【え e 段的假名】＋ い→【母音 e 拉長】
【お o 段的假名】＋ お→【母音 o 拉長】
【お o 段的假名】＋ う→【母音 o 拉長】

　　我們來看看，實際生活會用到的單字中，上述哪一個組合比較常出現？

08

ウォーミングアップ 02

　　接著我們來看看旁系家族的稱謂吧！還記得在中文裡，我們的家族稱謂會因父系和母系，稱謂也有所不同嗎？可以舉例看看嗎？那日本呢？或者你知曉或待過的海外地區，是否和台灣一樣，會因父系和母系，稱謂也有所不同呢？我們先來一起看看旁系家族中，台日稱謂之異同，並透過旁系家族稱謂，一同來學習日語裡的「濁音」及「半濁音」規則。什麼是濁音及半濁音呢？我們來看看！

日語的「濁音」都是由「清音」衍伸而來的，但在發音上和清音會有些區別，而在寫法上則是在清音的右上方多加「゛」。注意，並不是所有的清音都會變成濁音哦，讓我們一起來看看濁音的書寫及發音規則吧。

は ha	た ta	さ sa	か ka	清音
ば ba	だ da	ざ za	が ga	濁音

ば ba	だ da	ざ za	が ga
び bi	ぢ di (ji)	じ zi (ji)	ぎ gi
ぶ bu	づ du (zu)	ず zu	ぐ gu
べ be	で de	ぜ ze	げ ge
ぼ bo	ど do	ぞ zo	ご go

08

ウォーミングアップ 03

　　同學們，想想看在學校裡，你的學校生活周遭有哪些人呢？我們一起從學校人際關係的中文稱謂，來看看其對應的日語表達是什麼，並從中理解和習得日語中「半濁音」的發音和書寫規則，以及能讀出其發音。

　　日語的「半濁音」也和「濁音」一樣，都是由「清音」衍伸而來的。但在發音上和清音跟濁音會有些區別，在寫法上則是在清音的右上方多加「゜」。注意，並不是所有的清音都會變成半濁音哦，讓我們一起來看看半濁音的書寫及發音規則吧。

　　猜猜看！布丁的日語是「ふりん（fu ri n）」？「ぶりん（bu ri n）」？「ぷりん（pu ri n）」？

は ha	清音
ぱ pa	半濁音

ぱ pa
ぴ pi
ぷ pu
ぺ pe
ぽ po

ウォーミングアップ 04

　　各位同學們在看電影或連續劇，又或者在上課時，是否有看過或聽過大家庭、折衷家庭、小家庭、頂客家庭等名詞？我們一起來看看它們有什麼不一樣的地方。

1. 小家庭：又叫核心家庭，家庭成員僅由一對夫妻或和其未婚子女組成。
2. 折衷家庭：又稱三代家庭或主幹家庭，由父母及未婚子女組成，使家中老人及幼兒可以同時受到照顧。三代家庭有分兩種，一種是三代同堂：祖父母、父母與子女同住一起。另一種是三代同鄉：祖父母、父母與子女比鄰而居（例如住在附近或同一棟樓）。
3. 大家庭：家庭成員由夫妻和具有血緣關係的親屬同住所組成，通常包含旁系血親在內。
4. 隔代家庭：亦稱祖孫家庭，由祖父母或外祖父母與其孫子女同住所組成。
5. 單親家庭：由父親或母親其中一方與其子女同住所組成。
6. 繼親家庭：單親家庭中的父親或母親再婚後所組成的家庭，再婚的對象可能是單親或單身未婚者（和重組家庭不同）。
7. 獨居家庭：為高齡化社會所見的家庭型態，因子女工作無法照顧或被子女拋棄，而形成老人獨居的現象。
8. 頂客族家庭：夫妻雙薪而無小孩的家庭。（DINKs Double Incomes and No Kids）
9. 寄養家庭：兒童及少年因某些原因而被安置於他人的家庭中。
10. 外籍配偶家庭：在自己的所屬國內與非同國國籍人士結婚所組成的家庭。
11. 雙薪家庭：夫妻二人均有工作收入的家庭。
12. 重組家庭：單親家庭中的父親或母親再婚後所組成的家庭，再婚的對象亦有小孩。

你知道你周遭的人來自哪一種型態的家庭嗎？請試著找出三種不同年代的人，分別訪談他們小時候（國小時期）分別生長在什麼型態的家庭，並以已學的日語家族稱謂畫出其家庭構造。之後再從各個年代小時候的台灣社會狀況，去思考其家族構成的原因，並一同以時間軸去看看台灣家庭型態變化的過程。

　　如果學校有國際交流活動，也可以共同進行此一主題，並引導雙方學生發表各自的結果。

Task01
一起學習日語的家族稱謂！（1）直系家族

1.圈圈看！請圈出 A 跟 B 假名之不同。想想看，為什麼會有這樣的不同？

	A	B		A	B
例	おとさん o to sa n	おと(う)さん o to u sa n	①	おかさん o ka sa n	おかあさん o ka a sa n
②	おにさん o ni sa n	おにいさん o ni i sa n	③	おねさん o ne sa n	おねえさん o ne e sa n
④	いもと i mo to	いもうと i mo u to	⑤	おとと o to to	おとうと o to u to

2.請大家看一下以下的家族圖。

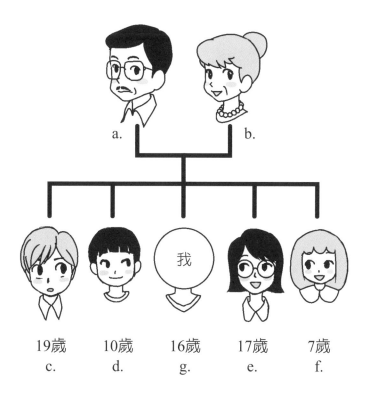

a.　　　　　　b.

19歲　　　10歲　　　16歲　　　17歲　　　7歲
c.　　　　d.　　　　g.　　　　e.　　　　f.

08

091

（1）請確認 a～f 中的稱謂後，將其稱謂填入下表的中文欄內。

（2）聽聽看日語的發音，想想看有沒有長音呢？請圈出有長音的地方。

 MP3-012

中文	日語	有沒有長音呢？
例 a. 爸爸	おと⑤さん（お父さん） o to u sa n	有 ・ 沒有
b.	おかあさん（お母さん） o ka a sa n	有 ・ 沒有
c.	おにいさん（お兄さん） o ni i sa n	有 ・ 沒有
d.	おとうと（弟） o to u to	有 ・ 沒有
e.	おねえさん（お姉さん） o ne e sa n	有 ・ 沒有
f.	いもうと（妹） i mo u to	有 ・ 沒有
g. 我	わたし（私） wa ta shi	有 ・ 沒有

3. 再次練習長音看看！

聽聽看日語的發音，想想看有沒有長音呢？請圈出有長音的地方，並和同學討論看看。 MP3-013

中文	日語	有沒有長音呢？
a. 冰塊	こおり（氷） ko o ri	有 ・ 沒有
b. 空氣	くうき（空気） ku u ki	有 ・ 沒有
c. 高中	こうこう（高校） ko u ko u	有 ・ 沒有
d. 愛	あい（愛） a i	有 ・ 沒有

e. 房子	いえ（家） i e	有　・　沒有
f. 手機	けいたい（携帯） ke i ta i	有　・　沒有
g. 桌子	つくえ（机） tsu ku e	有　・　沒有
h. 手錶	とけい（時計） to ke i	有　・　沒有

4. 唸唸看！長音在哪裡？請看例子做練習，並和同學討論看看。

連結母音的單字	文字1	文字2	連結母音的單字	文字1	文字2
例 おかあさん o ka a sa n	か ka	（あ 段） a	あ a		
おにいさん o ni i sa n		（　段）	い i		
くうき ku u ki		（　段）	う u		
おねえさん o ne e sa n		（　段）	え e	とけい to ke i	（　段）	い i
こおり ko o ri		（　段）	お o	おとうさん o to u sa n	（　段）	う u

5. 和同學寫的內容比較看看！有什麼地方是一樣或有什地方是不一樣的呢？

Task 02

一起學習日語的家族稱謂！（2）大家族

1. 請大家看一下以下的家族圖。

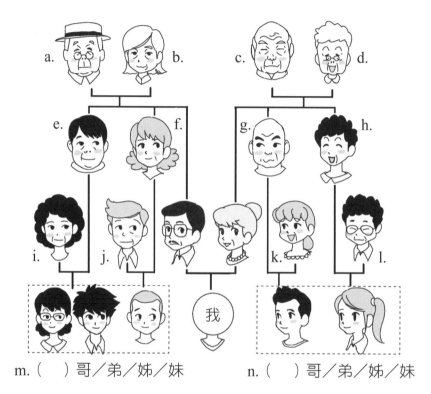

m.（　）哥／弟／姊／妹　　　　n.（　）哥／弟／姊／妹

（1）請確認 a ～ n 中的稱謂後，將其稱謂填入下表的中文欄內。

（2）聽聽看日語的發音，想想看那個音是括弧中的哪一個假名，並圈選
出來。 🎧 MP3-014

中文		日語
a.	c.	お（し・じ）いさん o shi ji i sa n
b.	d.	お（は・ば）あさん o ha ba a sa n

e.	g.	お（し・じ）さん　（伯父さん・叔父さん）
j.	l.	o　shi　ji　sa n
f.	h.	お（は・ば）さん　（伯母さん・叔母さん）
i.	k.	o　ha　ba　sa n
m.（　　）哥／弟／姉／妹		い（と・ど）こ　（従兄弟／従姉妹）
n.（　　）哥／弟／姉／妹		i　to　do　ko

2. 寫寫看！讓我們一起練習平假名的清音及濁音的寫法吧！請在濁音的地方加上「　゛　」，同時也一起練習寫寫看羅馬拼音！ 🎧 MP3-015

濁音	清音	濁音	清音	濁音	清音	濁音	清音	子音／母音
[ ]	[h]	[ ]	[t]	[ ]	[s]	[g]	[k]	
は	は	た	た	さ	さ	が	か	[a]
						ga	ka	
ひ	ひ	ち	ち	し	し	ぎ	き	[i]
			chi		shi	gi	ki	
ふ	ふ	つ	つ	す	す	ぐ	く	[u]
	fu		tsu					
へ	へ	て	て	せ	せ	け	け	[e]
ほ	ほ	と	と	そ	そ	こ	こ	[o]

3. 想想看、寫寫看！請在（　　　）內寫出假名的羅馬拼音。MP3-016

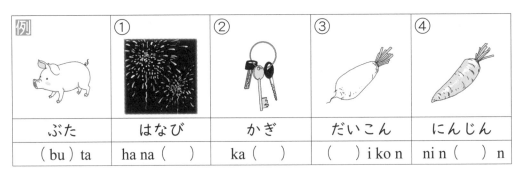

例	①	②	③	④
ぶた	はなび	かぎ	だいこん	にんじん
（bu）ta	ha na（　）	ka（　）	（　）i ko n	ni n（　）n

　　和同學寫的內容比較看看！有什麼地方是一樣，或有什地方是不一樣的呢？

Task 03

學校裡人際關係的稱謂

1. 請看圖試著寫出學校人際關係的稱謂。

a.　　b.　　2年級　c.　　d.
1年級　1年級　我　　3年級　3年級

我　　　e.

f.

（1）請確認 a～f中的稱謂後，將其稱謂填入下表的中文欄內。

（2）聽聽看日語的發音，並圈出正確的假名。 🎧 MP3-017

中文		日語	
a.	b.	後輩（ こうはい ・ こうほい ） ko u ha i　　　ko u ho i	
c.	d.	先輩（ せんはい ・ せんぱい ） se n ha i　　　se n pa i	
e.		友達（ ともだつ ・ ともだち ） to mo da tsu　　to mo da chi	
f.		先生（ せいせい ・ せんせい ） se i se i　　　se n se i	

2. 寫寫看！讓我們一起練習平假名的清音及半濁音的寫法吧！請在半濁音的
地方加上「゜」，同時也一起練習寫寫看羅馬拼音！ 🎧 MP3-018

半濁音	清音	子音
[　　]	[h]	母音
ぱ	は	[a]
pa	ha	
ひ	ひ	[i]
ふ	ふ	[u]
	fu	
へ	へ	[e]
ほ	ほ	[o]

098

3. 想想看、寫寫看！請在（　　　）內寫出假名的羅馬拼音。 🎧 MP3-019

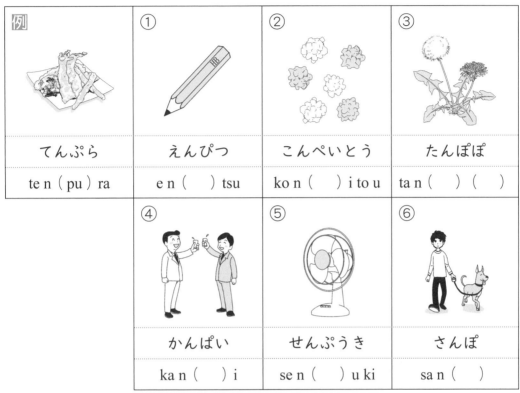

例	①	②	③
てんぷら	えんぴつ	こんぺいとう	たんぽぽ
te n（pu）ra	e n（　）tsu	ko n（　）i to u	ta n（　）（　）

④	⑤	⑥
かんぱい	せんぷうき	さんぽ
ka n（　）i	se n（　）u ki	sa n（　）

和同學寫的內容比較看看！有什麼地方是一樣，或有什地方是不一樣的呢？

Task 04

家族型態的變遷

一同來看看家族型態的變遷吧！

1. 你知道你周遭的人來自哪一種型態的家庭嗎？請試著找出三種不同年代的人，分別訪談他們小時候（國小時期）分別生長在什麼型態的家庭，並以已學的日語家族稱謂去畫出其家庭構造。

2. 你自己的家族型態呢？

3. 在比較各個年代小時候的台灣家庭型態後，你有什麼發現嗎？可以從當時的台灣社會的狀況及條件去思考哦！

4. 如果學校有國際交流活動，也可以共同進行此一主題，並引導雙方學生發表各自的結果。

Unit 08	自我評量	日期：
班級：	座號：	姓名：

1. 我了解日語長音的規則。

　　　　非常同意 -- 非常不同意

　　　　　　4　　　　　　　　　3　　　　　　　2　　　　　　　1

2. 我了解日語濁音「゛」的規則。

　　　　非常同意 -- 非常不同意

　　　　　　4　　　　　　　　　3　　　　　　　2　　　　　　　1

3. 我了解日語半濁音「゜」的規則。

　　　　非常同意 -- 非常不同意

　　　　　　4　　　　　　　　　3　　　　　　　2　　　　　　　1

4. 在這個單元的教室活動中，我從組員 ＿＿＿＿＿＿＿ 那裡學到最多（請於下線填入組員姓名），並於下方的下線寫出具體的理由：

　　＿＿＿＿＿＿＿＿＿＿＿＿＿＿＿＿＿＿＿＿＿＿＿＿＿＿＿＿＿＿＿＿＿＿＿＿＿

　　＿＿＿＿＿＿＿＿＿＿＿＿＿＿＿＿＿＿＿＿＿＿＿＿＿＿＿＿＿＿＿＿＿＿＿＿＿

　　＿＿＿＿＿＿＿＿＿＿＿＿＿＿＿＿＿＿＿＿＿＿＿＿＿＿＿＿＿＿＿＿＿＿＿＿＿

註：在撰寫從同儕那裡學到的東西時，可以從學習單上去思考，是在學習單的哪一個部分，還有同組的誰說的什麼事，讓你對學習單有更深刻的理解。

Unit 09
認識片假名

學習目標：

1. 能從日文的菜單中，發現由片假名標示的料理、飲料，以理解片
   假名的特徵。
2. 能推測出每個片假名分別由哪個漢字而來，並試著找出幫助自己
   記憶的方法。
3. 能理解片假名的長音標示方法，並能聽辨其發音。

看一下圖中店面的招牌，有什麼發現嗎？

ウォーミングアップ 01

你喜歡日本料理嗎？有沒有發現，在日本餐廳的菜單中，除了我們之前學過的平假名之外，還有其它的文字表示方法呢？讓我們一起從日本料理餐廳的菜單中，來學日語除了平假名之外的其他文字吧！

其實從菜單中，我們可以觀察到除了之前學到的平假名之外，還有「片假名」的標記。所謂的片假名，大多是用來標示外來語的。而外來語，就是從國外傳進日本的語彙，如「トイレ（toilet）」（廁所），其餘像是國名及人名，也常常會使用音譯的方式以片假名來標記。

あいうえおカフェ メニュー

●ソフトドリンク●

コーヒー（ホット／アイス）	￥380
紅茶（ホット／アイス）	￥380
カフェオレ（ホット／アイス）	￥430
オレンジジュース	￥380
コーラ	￥400
バナナジュース	￥500

●軽食●

トースト	￥300
ピザトースト	￥350
カレーライス	￥400
本日のスープ	￥380
本日のスイーツ	￥200

ウォーミングアップ 02

　　還記得我們在Unit 03的「ウォーミングアップ」裡提到，日本的文字是來自中文的書寫體嗎？日語的每一個音，都來自某個其相對應的漢字。

　　在公元九世紀，日本人以中文的草書衍生出平假名，把中文楷書的偏旁改成片假名。演變到現代，片假名成了外來語的標示，如沙拉的英文是「salad」，日語則標為「サラダ（sa ra da）」。

奈	多	散	加	阿
（奈）	（多）	（散）	（加）	（阿）
▼	▼	▼	▼	▼
ナ	タ	サ	カ	ア
▼	▼	▼	▼	▼
ナ	タ	サ	カ	ア

09

WARM UP

ウォーミングアップ 03

　　還記得在 Unit 08 的「ウォーミングアップ 01」，我們曾學習過平假名的長音嗎？所以在片假名的學習上，我們也需要來看看片假名的長音概念。同平假名的長音一樣，從其字義來看就是「拉長發音」的意思。讓我們一起來學習片假名的長音吧。

1. 下列的水果罐頭是什麼水果呢？而另外二罐，是什麼茶呢？
2. 請用日語唸唸看珍珠（タピオカ）。
3. 我們一起來聽聽看「ミルクティー」這個字的唸法。
4. 你有發現「ー」的發音技巧為何嗎？

⟩ Task01
日語的字，不是只有平假名！

1. 看看下面的菜單，有沒有你喜歡的菜呢？請介紹你喜歡的菜。

メニュー

とんかつ定食
1000 円

しょうが焼き定食
1000 円

とろろめし定食
800 円

カレーライス
750 円

ラーメン
650 円

サラダ
150 円

そば
650 円

山菜うどん
750 円

ピザ
700 円

ライス
200 円

みそおでん
750 円

アイス
350 円

プリン
350 円

2. 請看上面的菜單，接著圈出其中的平假名，並和同學互相確認。

3.猜猜看！以下圖片的東西，要用平假名還是片假名做標示呢？

巴士		【バス・ばす】 ba su　ba su
筆		【ペン・ぺん】 pe n　pe n
義大利		【イタリア・いたりあ】 i ta ri a　　i ta ri a
愛迪生		【エジソン・えじそん】 e ji so n　e ji so n
電腦		【パソコン・ぱそこん】 pa so ko n　pa so ko n
算盤		【ソロバン・そろばん】 so ro ba n　so ro ba n
生魚片		【サシミ・さしみ】 sa shi mi　sa shi mi

Task 02

片假名是如何創造出來的呢？

1. 你記得平假名的由來嗎？
   平假名是從中文的（A. 草書　B. 楷書　C. 隸書）演變而來的。

2. 你看了「ウォーミングアップ02」之後，已經了解片假名是從中文楷書的一部分而來的。先自己連連看，下面カ（か ka）行的片假名，是從中文楷書的哪個部分演變而來的呢？接著和同學進行討論。

   例1：イ（い i）　伊
   例2：ウ（う u）　宇
   例3：オ（お o）　於

   ① カ（か ka） ・　　　　　　　　　・ 己
   ② キ（き ki） ・　　　　　　　　　・ 加
   ③ ク（く ku） ・　　　　　　　　　・ 幾
   ④ ケ（け ke） ・　　　　　　　　　・ 久
   ⑤ コ（こ ko） ・　　　　　　　　　・ 介

3. 先自己連連看，各行的片假名，是從中文楷書的哪個部分演變而來的呢？
   請先寫下自己的想法後，再和班上同學分享自己或小組的想法。

   サ（さ sa）行

之	須	曽	世	散

サ	シ	ス	セ	ソ
sa	shi	su	se	so

   タ（た ta）行

川	止	多	天	千

タ	チ	ツ	テ	ト
ta	chi	tsu	te	to

ナ（な na）行

奈	祢	乃	仁	奴

ナ	ニ	ヌ	ネ	ノ
na	ni	nu	ne	no

ハ（は ha）行

八	比	部	不	保

ハ	ヒ	フ	ヘ	ホ
ha	hi	fu	he	ho

マ（ま ma）行

三	末	女	牟	毛

マ	ミ	ム	メ	モ
ma	mi	mu	me	mo

ヤ（や ya）行

由	也	與

ヤ	ユ	ヨ
ya	yu	yo

ラ（ら ra）行

利	礼	呂	流	良

ラ	リ	ル	レ	ロ
ra	ri	ru	re	ro

ワ（わ wa）行＋ン（ん）

和	尔	乎

ワ	ヲ	ン
wa	wo	n

4.聽聽看！請參照上面的學習內容，選出正確的假名。 MP3-020

①

サ（ラ・ウ）ダ
sa　ra　da

②

（セ・ピ）ザ
　pi　za

③

プリ（ソ・ン）
pu ri　　n

④

アイ（ヌ・ス）
a　i　su

⑤

（ラ・テ）イス
ra　i su

Task03

一起來看看平假名跟片假名的長音
有什麼不同呢？

1. 請問平假名的長音怎麼寫呢？

媽媽：おか（　　）さん
o ka　　　sa n

姊姊：おね（　　）さん
o ne　　　sa n

哥哥：おに（　　）さん
o ni　　　sa n

爸爸：おと（　　）さん
o to　　　sa n

空氣：く（　　）き
ku　　　ki

妹妹：いも（　　）と
i mo　　　to

英語：え（　　）ご
e　　　go

弟弟：おと（　　）と
o to　　　to

2. 下面的單字裡面有長音。你有發現片假名的長音的特色是什麼嗎？

 MP3-021

①

カレー
ka re -

②

ラーメン
ra - me n

③

コーヒー
ko - hi -

片假名的長音的特色是＿＿＿＿＿＿＿＿＿＿＿＿。

09

3. 聽聽看下面的單字,哪裡有長音?請把「ー」填入正確的空格裡面,而沒有長音的就在 □ 裡寫 ✕。 🎧 MP3-022

① ス□キ□
   su ki

② ケ□キ□
   ke ki

③ ノ□ト□
   no to

4. 請和同學確認 1 ～ 3 大題的內容,如有不同的地方,請互相分享各自的想法,並記錄下來。

1. 透過這個單元的學習活動，我能理解片假名的文字特徵。

    非常同意 --- 非常不同意

       4   3   2   1

2. 透過這個單元的學習活動，我能推測片假名和其來源中文漢字的關係。

    非常同意 --- 非常不同意

       4   3   2   1

3. 透過這個單元推測片假名和其來源中文漢字的關係，有助於我記住片假名的寫法。

    非常同意 --- 非常不同意

       4   3   2   1

4. 透過這個單元，我能理解片假名長音的寫法。

    非常同意 --- 非常不同意

       4   3   2   1

5. 在這個單元的教室活動中，我從組員 _____ 那裡學到最多（請於下線填入組員姓名），並於下方的下線寫出具體的理由：

_____

_____

_____

註：在撰寫從同儕那裡學到的東西時，可以從學習單上去思考，是在學習單的哪一個部分，還有同組的誰說的什麼事，讓你對學習單有更深刻的理解。

Unit 10
是什麼聲音？像什麼樣子？

學習目標：

1. 能從動物的叫聲或自然現象所發出的聲音中，發現與自己常用的語言和其它語言的異同處。
2. 能辨讀出擬聲語・擬態語中的拗音、促音，並能讀出其拗音、促音。

肚子餓時，肚子會發出什麼聲音？

ウォーミングアップ01

　　你喜歡看日語漫畫或動畫嗎？有沒有發現一些用來表達聲音或狀況的假名會出現在作品中呢？這些就是日語中所謂的擬聲、擬態語。其實不僅日語，在我們的日常生活裡，有時也會使用語言來模擬動物或事物的聲音，例如：形容狗叫聲時的「汪汪」、形容關門時的「碰」等等。這種以文字來模擬動物或事物的聲音，在日語裡被稱為擬聲語；而若形容事物的動作或形象，而不是模擬它的聲音，則稱為擬態語。

　　日語的擬聲、擬能語是非常豐富的，不僅被使用在口語中，而且被廣泛地使用在日本的文學作品、漫畫、廣告中，使其表現更生動活潑。除了中文、日語之外，其它語言也有此類似的表現，讓我們一起來聽聽看各國的貓叫聲。

MP3-023

接下來我們會透過擬聲、擬態語，一同學習日語的拗音！在那之前，來看看下列的清音及拗音之不同吧！你有發現下表有什麼地方是一樣的、有什麼地方不一樣嗎？你發現拗音的表記是如何呈現的呢？

清音	拗音
美容院（びよういん）	病院（びょういん）

以下是日語的拗音表：

りゃ rya	みゃ mya	ひゃ hya	にゃ nya	ちゃ tya (cha)	しゃ sya (sha)	きゃ kya
りゅ ryu	みゅ myu	ひゅ hyu	にゅ nyu	ちゅ tyu (chu)	しゅ syu (shu)	きゅ kyu
りょ ryo	みょ myo	ひょ hyo	にょ nyo	ちょ tyo (cho)	しょ syo (sho)	きょ kyo

		びゃ bya			じゃ zya (ja)	ぎゃ gya
		びゅ byu			じゅ zyu (ju)	ぎゅ gyu
		びょ byo			じょ zyo (jo)	ぎょ gyo

		ぴゃ pya				
		ぴゅ pyu				
		ぴょ pyo				

另外，在拗音的寫法規則上，平假名跟片假名是一樣的。

ウォーミングアップ 02

　　大家對於日語的擬聲、擬態語有更進一步的認識了嗎？還記得我們在ウォーミングアップ01曾提到，會藉由擬聲、擬態語來學習日語的拗音嗎？我們剛剛看完了拗音，現在一起透過擬聲、擬態語，來學習日語的促音吧！

　　如何用日語來表達感到疲累、沒有精神呢？請看下圖！

ぐったり

　　有看到小「つ（tsu）」嗎？這就是日語平假名中的促音。那你知道要如何表達片假名中的促音嗎？請看下圖。

請圈出片假名「放鬆（relax）」中的促音，然後寫下或說出你的發現。

那麼又該如何發音呢？讓我們再來看一下不同語言中的雞叫聲。

A. Cock-a-doodle-doo（　　　）
B. Cocorico cocorico（　　　）
C. コケコッコー（　　　）
D. 喔ㄨㄛˋ 喔ㄨㄛ（中文）
E. Kukuruyuk（　　　）
F. 꼬끼오：kko-kki-o（　　　）
G. Kikirikí（　　　）

| 英語 |
| 法語 |
| 日語 |
| 印尼語 |
| 韓語 |
| 西語 |

大家有猜對，哪一個是表示日語的雞叫聲嗎？

大家有注意到，片假名的促音和平假名一樣，都是把「つ／ツ（tsu）」變小嗎？

那麼該怎麼發音呢？我們來聽聽看。

コケコッコー

MP3-024

有沒有注意到，平假名跟片假名的促音都是不發聲，但要停一拍嗎？

10

ウォーミングアップ 03

　　透過前面的學習，你是否對日語的擬聲、擬態語的用語有初步的認識了呢？在日本漫畫中有大量的「擬聲語」和「擬態語」，由於不易被翻譯出來，常常直接被保留在翻譯作品裡。現在我們已經學會日語五十音的清音、濁音、半濁音、長音、拗音及促音，下次看原文或翻譯的日本漫畫或動畫時，不妨留意這些「擬聲語」與「擬態語」，並試著發出聲音唸唸看，或許能幫助你更加融入劇情哦！另外，我們一起試著來找找看手邊的漫畫、動畫、電影、連續劇或雜誌，看看其中有哪些擬聲、擬態語！

Task01

試試看，使用日語來表達動物的叫聲及狀況！

1. 連連看、猜猜看！請聽①～③的音檔及文字的發音後，猜猜看假名是表達哪一個動物的叫聲呢？並用線連起來。 🎧 MP3-025

①

すずめ
su zu me
·

②

ねこ
ne ko
·

③

ひよこ
hi yo ko
·

ピヨピヨ／ぴよぴよ
pi yo pi yo ／ pi yo pi yo

ニャーニャー／
にゃーにゃー
nya - nya - ／ nya - nya -

チュンチュン／
ちゅんちゅん
chu n chu n ／ chu n chu n

2. 連連看、猜猜看！請聽①～④的音檔後，猜猜看假名是表達哪一個情況的樣子呢？並用線連起來。 🎧 MP3-026

①チョロチョロ／
ちょろちょろ
cho ro cho ro ／
cho ro cho ro
·

②ジャー／
じゃー
ja - ／ ja -
·

③ピョンピョン／
ぴょんぴょん
pyo n pyo n ／
pyo n pyo n
·

④ビュービュー／
びゅーびゅー
byu - byu - ／
byu - byu -
·

10

3. 大家有沒有從前面兩個活動的日語表達中，發現有縮小的「ゃ」、「ゅ」、「ょ」呢？請再次注意看看，這些縮小的「ゃ」、「ゅ」、「ょ」前面的假名，是五十音裡的哪一個呢？請從下表中圈出你的發現，圈好後，找找看它們有沒有什麼共同點？那個共同點就是拗音的規則哦！ 🎧 MP3-027

	わ行	ら行	や行	ま行	は行	な行	た行	さ行	か行	あ行	
ん n	わ wa	ら ra	や ya	ま ma	は ha	な na	た ta	さ sa	か ka	あ a	あ段
		り ri		み mi	ひ hi	に ni	ち chi	し shi	き ki	い i	い段
		る ru	ゆ yu	む mu	ふ fu	ぬ nu	つ tsu	す su	く ku	う u	う段
		れ re		め me	へ he	ね ne	て te	せ se	け ke	え e	え段
	を wo	ろ ro	よ yo	も mo	ほ ho	の no	と to	そ so	こ ko	お o	お段

ぱ行	ば行		だ行	ざ行	が行		
ぱ pa	ば ba		だ da	ざ za	が ga		あ段
ぴ pi	び bi		ぢ ji	じ ji	ぎ gi		い段
ぷ pu	ぶ bu		づ zu	ず zu	ぐ gu		う段
ぺ pe	べ be		で de	ぜ ze	げ ge		え段
ぽ po	ぼ bo		ど do	ぞ zo	ご go		お段

（　　　）段　＋　縮小的ゃ ya ／ゅ yu ／ょ yo

4. 大家各自完成 1～3 了嗎？接下來，請在小組內確認 1～3 的學習單內容。

5. 讓我們一起來練習拗音的寫法，請注意縮小的「ゃ」、「ゅ」、「ょ」的
　 位置哦。
　　（例 1）教室＜橫向寫作＞

　　（例 2）教室＜垂直寫作＞

10

⸚Ⓣⓐⓢⓚ⓪❷

一起來學習促音的規則及發音吧！

1. 一起用音樂，來練習日語的促音該如何表達吧！參考：あ（a）、は（ha）、
   つ（tsu）。

> A
>
> あ つ は つ は つ は つ
> 🎧 MP3-028
>
> B
>
> あっ はっ はっ はっ
> 🎧 MP3-029

① 請看上面 A 跟 B 中的假名，有什麼差別？

② 請聽 A 跟 B 的聲音，試著去分辨 A 跟 B 的「つ」有何不同？

③ 連連看！下面 A 的「あははは」跟 B 的「あっはっはっは」，分別用
   來表達哪一個圖片呢？

    A あははは
      a ha ha ha

    B あっはっはっは
      a●ha●ha●ha

2. 選選看！請聽音檔，並圈出 a 跟 b 的假名裡，能表示音檔的聲音。 MP3-030

①

      a. チチチチ　　　　　　　　　b. チッチッチッチッ
        chi chi chi chi　　　　　　　　chi●chi●chi●chi

②

      a. シュッシュッシュッシュー　　b. シューシューシューシュー
        shu●shu●shu●shu -　　　　　shu - 　shu - 　shu - 　shu -

③

      a. カシャッ　　　　　　　　　　b. カシャー
        ka sha●　　　　　　　　　　ka sha -

3. 聽聽看！音檔中有「っ」的，在田裡正確的位置中寫下「っ／ッ」，而沒
有「っ／ッ」的，就在田裡寫 ×。 MP3-031

①

        ド田カ田ー田ン
        do　ka　-　　n

②

        ピ 田カ田
        pi　ka

③

        ワ田オ田ー田ン
        wa　o　-　n

④

        ピ 田ピ 田ピ 田ピ 田ピ 田
        pi　pi　pi　pi　pi

4. 大家各自完成 1 ～ 3 了嗎？接下來，請在小組內確認 1 ～ 3 的學習單內容。

10

125

Task03

練習看看日語的擬聲、擬態語！

1. 請 2 ～ 3 人為一組，首先各自收集兩個以上日語的擬聲、擬態語，再跟組內同學分享你收集到有擬聲、擬態語的場景。之後請試試只用擬聲、擬態語，來製作屬於你們的日語的漫畫或表演。

（例1）キャー！
kya -

（例2）ギャー！
gya -

（例3）
ドキドキドキドキ
do ki do ki do ki do ki

（例4）
ドッキンドッキン
do●ki n　do●ki n

（例5）
パシャ
pa sha

請在這裡貼上組員們所收集到的擬聲、擬態語。

請在以下的表格中，寫出日語的漫畫或表演。

題目：＿＿＿＿＿＿＿＿＿＿＿＿＿＿＿＿＿

例 評價表（請 2 ～ 3 人為一組）

各個項目所占的比例，教師可視教學目標及成效在班級上自行決定。

等級 評價 項目 （　　%）	A	B	C	D	評分
小組收集到的日語擬聲、擬態語 （　　%）	6 個以上	4 個以上	2 個以上	1 個以上	
場景性 （　　%）	不論是漫畫或者是短劇，都有連貫性，很好懂，也饒富趣味。	不論是漫畫或者是短劇，都有連貫性，很好懂。	不論是漫畫或者是短劇，都需要一點猜測跟確認，才能知道猜測是否正確。	不太懂場景間的連貫性，希望能多加說明。	
表達力 （　　%）　漫畫	能運用字型大小、字體的不同及符號，來展現角色的情緒。	能運用字型大小或字體的不同，來展現角色的情緒。	只使用字型、字體或符號來展現角色。	只把台詞寫入漫畫中。	
表達力 （　　%）　短劇	發音跟音調很清晰，並融入角色的情感。	很有情感，但發音或音調須從前後文來猜測。	發音跟音調很清晰，但缺乏情感。	發音跟音調都不清晰，並且缺乏情感。	
總計 （100%）					／100

加分項目

貢獻度 （　　%）	你手頭上有 10 分，請依照組員的貢獻度給予分數，在以下分數括號內填入該得分的組員姓名。 5分（　　　　）；3分（　　　　）；2分（　　　　　）

1. 透過此單元的教學活動，我能理解日語的拗音（ゃ／ゅ／ょ）的發音規則。

　　　　非常同意 -- 非常不同意

　　　　　　4　　　　　　　　3　　　　　　　2　　　　　　　　1

2. 透過此單元的教學活動，我能理解拗音（ゃ／ゅ／ょ）的書寫規則。

　　　　非常同意 -- 非常不同意

　　　　　　4　　　　　　　　3　　　　　　　2　　　　　　　　1

3. 透過此單元的教學活動，我能理解促音（っ）的發音規則。

　　　　非常同意 -- 非常不同意

　　　　　　4　　　　　　　　3　　　　　　　2　　　　　　　　1

4. 透過此單元的教學活動，我能理解促音（っ）的書寫規則。

　　　　非常同意 -- 非常不同意

　　　　　　4　　　　　　　　3　　　　　　　2　　　　　　　　1

5. 我能從擬聲語‧擬態語來想像其想表達的聲音或場景。

　　　　非常同意 -- 非常不同意

　　　　　　4　　　　　　　　3　　　　　　　2　　　　　　　　1

6. 在這個單元的教室活動中，我從組員 ＿＿＿＿＿＿ 那裡學到最多（請於下線填入組員姓名），並於下方的下線寫出具體的理由：

　＿＿＿＿＿＿＿＿＿＿＿＿＿＿＿＿＿＿＿＿＿＿＿＿＿＿＿＿＿＿＿＿＿＿

　＿＿＿＿＿＿＿＿＿＿＿＿＿＿＿＿＿＿＿＿＿＿＿＿

　＿＿＿＿＿＿＿＿＿＿＿＿＿＿＿＿＿＿＿＿＿＿＿＿

註：在撰寫從同儕那裡學到的東西時，可以從學習單上去思考，是在學習單的哪一個部分，還有同組的誰說的什麼事，讓你對學習單有更深刻的理解。

Unit 11
台灣的吃吃喝喝

學習目標：

1. 能理解世界上國中生或高中生的午餐內容，並學習使用簡單的日語來說明餐點。
2. 能使用簡單的日語，向外國人介紹台灣的美食。

呷飽沒 ??

早餐吃什麼？

ウォーミングアップ 01

提到營養午餐，你會先想到什麼呢？你記得每天的營養午餐裡有什麼嗎？你喜歡哪些？有不太喜歡的嗎？

此外，你知道營養午餐的由來嗎？《觀·臺灣》[1]指出，最早的學校供餐源自1850年代的歐洲，主要是基於「濟貧」的社會救助傳統，提供午餐給貧困學童，讓他們在學校獲得溫飽。台灣戰後初期的學校午餐，也繼承了這種社會救助概念，在美援的政經背景下開始實施。那麼現在學校的營養午餐呢？也是在救助概念下執行的嗎？我們先來看看介紹食物時要用到的簡單的日語，接著再一起來看看大家的營養午餐吧。

在用日語介紹吃喝食物時，我們可以用動詞句來進行簡單的介紹。這次要介紹的動詞句的句子構造，如下：

例： 私 は ┊ タピオカミルクティーを ┊ 飲みます。
wa ta shi wa ┊ ta pi o ka mi ru ku tei - wo ┊ no mi ma su
我 ┊ 珍珠奶茶 ┊ 喝

名詞は ┊ 名詞を ┊ 動詞。
wa ┊ wo

---

1 王文昕（2018/11/14）「今天中午吃什麼？-臺灣的校園營養午餐發展史」《觀·臺灣》
https://storystudio.tw/article/gushi/student-nutrition-lunch/

從以上的句子結構，可以發現此句：

（1）動詞句的句子結構是：主語＋受詞＋動詞。

（2）名詞後面大多會有一個假名，這是日語句子結構的特徵，一般來說，
名詞後面大多會加助詞。那麼，請猜猜看此句的助詞是哪兩個？

（3）助詞用來表示名詞與動詞間的關係，以這句子結構來看：

- 助詞是「は（wa）」表示做這個動作的人。
- 助詞「を（wo）」則是指動作或作用的目的和對象。
- 因此，動詞是「飲みます（no mi ma su）」（喝），而做「飲みます」
的人是「私は（wa ta shi wa）」（我），至於喝的東西就是「タピ
オカミルクティーを（ta pi o ka mi ru ku tei - wo）」（珍珠奶茶）。

接下來，讓我們一起來使用簡單的日語介紹營養午餐吧！

11

ウォーミングアップ 02

　　說到台灣的小吃，你會想到哪些食物呢？

　　台灣的小吃世界聞名，你知道外國人來台灣必吃的小吃有哪些嗎？美國有線電視新聞網（CNN）就曾於2015年時發起全球投票，選出40項來台灣時必吃的小吃，並稱「台灣是亞洲頂尖美食熱點，尤其是夜市，全是平價又美味的小吃」；菲律賓媒體ABS-CBN也曾於2017年評選台灣最棒的小吃，作為來台觀光旅遊時的參考。大家知道他們選出來的小吃有哪些嗎？

　　讓我們一起學習，使用簡單的日語來介紹台灣的小吃吧！

　　這裡我們要學習的簡單日語是：

例1：これは　　雞排　　です。
　　　ko re wa zi i pa i de su
　　　這個是雞排。
　　　＊ 名詞或指示代名詞 は 名詞 です
　　　　　　　　　　　　wa　　　de su

例2：雞排はおいしいです。
　　　zi i pa i wa o i shi i de su
　　　雞排　好吃
　　　＊ 名詞或指示代名詞 は 形容詞 です
　　　　　　　　　　　　wa　　　de su

上面二個句子的結構，分析如下：

（1）「これは（ko re wa）」、「雞排は（zi i pa i wa）」：
「これ（ko re）」是指示代名詞，代表「這個」；「雞排」是名詞。
此時的「は」當助詞時唸作「wa」的音。

（2）「名詞或指示代名詞は」在日語的句子結構中，表示一句話的主語或主題。

（3）「名詞です」或「形容詞です」是針對「名詞或指示代名詞は」這個主題或主語的說明或描述。

（4）所以例句中的「これは雞排です（ko re wa zi i pa i de su）」的意思是「這是雞排」；而「雞排はおいしいです（zi i pa i wa o i shi i de su）」的意思為「雞排是好吃的」。

大家還記得，我們一起學過的片假名，主要是用來標示來自歐美等國家的外來語嗎？但是日本的假名發音規則是子音加母音，和歐美系統的發音規則有很大的差異。因此，在大量引進標示歐美語言為主的外來語時，就會面臨無法使用傳統的發音規則來標記外來語的情況，所以為了以片假名拼出比較接近歐美語言原始發音的外來語，日本創造出許多獨特的片假名標記表，例如：

whisky（英語）	威士忌	ウィスキー
chef　（法語）	廚師	シェフ
tea bag（英語）	茶包	ティーバッグ

接下來，讓我們一起使用特殊的片假名標記及簡單的日語句子，來介紹台灣的美食吧！

11

Task 01

營養午餐的時間到啦！大家在吃什麼呢？

1. 看照片猜猜看。哪一個是台灣的、哪一個是日本的營養午餐呢？又是從哪裡看出來的呢？

( )

( )

( )

2. 在吃飯前，日語會說什麼呢？ 🎧 MP3-032

a. いただきます
i ta da ki ma su

b. ありがとう
a ri ga to u

c. ごちそうさまでした
go chi so u sa ma de shi ta

3. 看看午餐有什麼？請將下列食物的代號填入下線中。 🎧 MP3-033

ご飯
go ha n
_____

魚
sa ka na
a

パン
pa n

野菜
ya sa i
_____

牛乳
gyu u nyu u

果物
ku da mo no

肉
ni ku
_____

玉子焼き
ta ma go ya ki

スープ
su - pu

給食
kyu u sho ku

お弁当
o be n to u

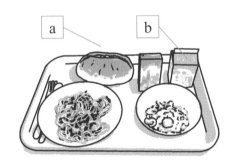

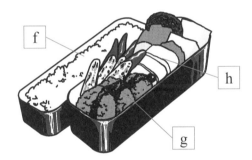

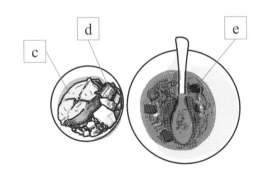

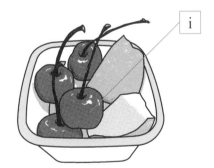

4. 為大家介紹一下你的午餐。用畫畫來介紹你的午餐。

私の昼ご飯／給食：我的午餐・營養午餐
わたし ひる はん きゅうしょく
wa ta shi no hi ru go ha n ／ kyu u sho ku

5. 在學校的營養午餐中，你會吃到哪些東西？請在那個食物前畫圈圈。如果有別的食物，請在空白框框處寫出。

	ご飯 go ha n		パン pa n
	麺 me n		野菜 ya sa i
	肉 ni ku		卵 ta ma go
	魚 sa ka na		果物 ku da mo no

6. 讓我們來用簡單的日語，說說午餐吃了些什麼、或喝了些什麼，並和同學
進行對話練習。 🎧 MP3-034

<ruby>何<rt>なに</rt></ruby>を<ruby>食<rt>た</rt></ruby>べますか。
na ni wo ta be ma su ka

＿＿＿＿＿＿を<ruby>食<rt>た</rt></ruby>べます。
wo ta be ma su

7. 在學校的午餐・營養午餐中，你會喝什麼呢？請在常喝的飲料前畫圈圈，
並和同學進行對話練習。 🎧 MP3-035

	<ruby>水<rt>みず</rt></ruby> mi zu		<ruby>牛乳<rt>ぎゅうにゅう</rt></ruby> gyu u nyu u
	<ruby>お茶<rt>ちゃ</rt></ruby> o cha		スープ su - pu
	ジュース ju - su		

<ruby>何<rt>なに</rt></ruby>を<ruby>飲<rt>の</rt></ruby>みますか。
na ni wo no mi ma su ka

＿＿＿＿＿＿を<ruby>飲<rt>の</rt></ruby>みます。
wo no mi ma su

8. 查查看！調查看看其他國家或地區的學校營養午餐吃什麼，並使用中文回答以下的問題：

（1）你看到最多的食材是什麼呢？

（2）你看到幾種食物的烹調方式？請圈出來（可多選）。
蒸／煎／煮／炒／炸／燉／烤／紅燒／川燙／
其他（　　　　　　　　　　　　　　　　　）

（3）哪一國或地區的營養午餐比較引起你的食慾？為什麼？

（4）哪一國或地區的營養午餐比較無法引起你的食慾？為什麼？

（5）從各國或地區的營養午餐內容，你覺得營養午餐重視的是什麼呢？

（6）請試著設計出一份你認為理想的營養午餐。

TaskO2
一起用簡單的日語來介紹台灣好吃的美食！

1. 夜食美食「吃」不「吃」？可以從 a ～ d 當中選一個，並在□打勾，或是
   在 e □打勾，並填入自己常吃的東西。接下來，試著用片假名標出食物的
   中文發音，並和同學互相確認日語表記的方法。

例 🎧 MP3-036

これはトウファ（豆花）です。
ko re wa to u fa   de su

a. □

b. □

_____

c. □

d. □

_____

_____

_____

e. □　我最喜歡的台灣小吃：_____

2. 介紹食物時，我們會用到哪些形容語句呢？ 🎧 MP3-037

おいしいです o i shi i de su	熱^{あつ}いです a tsu i de su	甘^{あま}いです a ma i de su
安^{やす}いです ya su i de su	有名^{ゆうめい}です yu u me i de su	やわらかいです ya wa ra ka i de su
いい匂^{にお}いです i i ni o i de su	辛^{から}いです ka ra i de su	好^すきです su ki de su

例　A：何^{なに}を食^たべますか。　　　　　　　　🎧 MP3-038
　　　　na ni wo ta be ma su ka

　　B：豆花（トウファ）を食^たべます。甘^{あま}いです。
　　　　to u fa　　　　　　wo ta be ma su　a ma i de su

　　A：何^{なに}を食^たべますか。
　　　　na ni wo ta be ma su ka

　　B：＿＿＿＿＿＿＿＿を食^たべます。＿＿＿＿＿＿＿。
　　　　　　　　　　　　wo ta be ma su

3. 一起來挑戰！讓我們一起使用簡單的日語，來介紹台灣的小吃。 🎧 MP3-039

例　これは豆花（トウファ）です。甘^{あま}いです。おいしいです。
　　ko re wa to u fa de su　　　　　　a ma i de su　o i shi i de su

4. 想想看！在台灣，每個節日都有必吃的美食。配合以下節日的是哪些美食
　呢？

除夕		端午節	
元宵節		中秋節	
清明節			

5. 在 4 的教室活動中，你最喜歡的節日美食是什麼呢？請從中挑一個，並使用簡單的日語，在社交群組上進行介紹。  MP3-040

例 端午節 これは台湾語で肉粽（バーザン）です。おいしいです。
ko re wa ta i wa n go de ba - za n de su　　o i shi i de su

6. 說說看！使用簡單的日語，來介紹台灣的美食吧！ MP3-041

台湾のおいしい物は何ですか。
Taiwan no o i shi i mo no wa na n de su ka
台灣的美食是什麼呢？

（1）請個人或小組決定要介紹哪一個台灣的美食。

（2）請使用簡單的日語，並搭配海報或 PPT 等方式，來介紹個人或小組
在（1）決定的台灣美食。

（3）使用拼圖法的方式來進行發表吧！

（4）聽完發表後，請選出「發音最漂亮」、「排版最好看」、「發表最活潑」
的組別名。

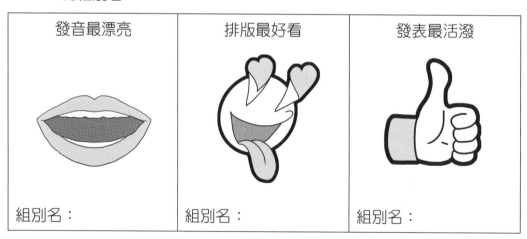

發音最漂亮	排版最好看	發表最活潑
組別名：	組別名：	組別名：

（5）請上傳到 SNS，用簡單的日語，向世界介紹台灣的美食吧！

Unit 11	自我評量	日期：
班級：	座號：	姓名：

1. 透過此單元的教學活動，我能知道營養午餐的起源。

   非常同意 -- 非常不同意

   　　4　　　　　　　　3　　　　　　　　2　　　　　　　　1

2. 透過此單元的教學活動，我能知道世界上有名的台灣美食有哪些。

   非常同意 -- 非常不同意

   　　4　　　　　　　　3　　　　　　　　2　　　　　　　　1

3. 透過此單元的教學活動，我能使用簡單的日語來說明營養午餐。

   非常同意 -- 非常不同意

   　　4　　　　　　　　3　　　　　　　　2　　　　　　　　1

4. 透過此單元的教學活動，我能使用簡單的日語來介紹台灣的美食。

   非常同意 -- 非常不同意

   　　4　　　　　　　　3　　　　　　　　2　　　　　　　　1

5. 在這個單元的教室活動中，我從組員 ＿＿＿＿＿ 那裡學到最多（請於下線填入組員姓名），並於下方的下線寫出具體的理由：

   _____

   _____

註：在撰寫從同儕那裡學到的東西時，可以從學習單上去思考，是
　　在學習單的哪一個部分，還有同組的誰說的什麼事，讓你對學
　　習單有更深刻的理解。

Unit 12
在台的外國情懷

學習目標：

1. 能辨識台灣有名都市街景中的日語招牌並讀出其發音，且能從招牌去思考台灣的外國風情。

2. 能從自己居住城市中的日語招牌，理解在台的日本風情。

猜猜看這是哪裡？從哪裡想到呢？

ウォーミングアップ

猜猜看這裡是哪裡？

猜到了嗎？這些都是台灣的街頭喔！

　　你是否有留意在我們的日常生活中，充滿著外國情懷呢？有發現在轉入某個小巷子之後就好像進入不同的國度嗎？讓我們一起來透過街頭的招牌，認識我們的城市吧！

Task01

從台灣街道找尋外國風情！

*************** 課堂前的個人準備作業 ****************

大家知道台灣有名的觀光城市有哪些嗎？

先請每個人都利用Google地圖的實際街圖，去逛逛這些有名的觀光景點，並將街景中出現的店家招牌照下來，至少20張。其中外語招牌最少要10張，且10張外語招牌中，日語至少要3張。請遵守教師的請示，將照片印出或者上傳到學生系統。

******************** 課堂內活動 ********************

1. 你選的是哪一個城市、哪一個街道呢？
2. 請先將照片進行編號後，再分類看看，這些招牌使用了哪些國家或地區的語言。表格不足時，可自行增添。

語言	照片編號		語言	照片編號

語言	照片編號		語言	照片編號

3. 請跟調查同一個地方的同學討論看看，在調查的城市或街道中，哪種外語最多？並和小組同學從來台觀光客或新移民的觀點，去整理該語種最多的理由。

12

Task 02

一起來尋「寶」！你認得幾個假名呢？

1. 請利用 Task 01 中找到的日語招牌，將這些日語招牌中的假名或漢字寫入下表。

照片	寫下照片中的假名	寫出假名的羅馬拼音

2. 算算看，你找到的日語招牌中，哪一個假名最多？

3. 你有發現日語招牌最多被使用在什麼樣的店面嗎？

4. 你覺得店家為什麼要使用日語招牌呢？

***************** 課堂內的小組活動 *****************

5. 三人一組討論看看：

　　a. 分享你找到的日語招牌中，哪一個假名最多。

　　b. 小組的結果整合起來的話呢？哪一個假名最多呢？

　　c. 跟小組組員分享你的發現：日語招牌最多被使用在什麼樣的店面呢？你
　　　們的結果有一樣嗎？

　　d. 對店家為什麼使用日語招牌，小組成員的想法有什麼異同呢？

　　　請先將自己對問題a～d的發現填入下表中，再和組員討論，並把組員的
發現也寫入表格內。

	自己	成員 1 姓名	成員 2 姓名
a			
b			
c			
d			

12

Task 03

一起來看看街頭的日語招牌吧！

小組組員	

1. 請每位同學在自己居住或生活的地區找找看日語招牌，且至少 5 張。
2. 請三人一組一起看看，在大家所收集到的照片內的日語招牌，是被使用在什麼樣的店面或商品呢？
3. 請找一家店進去，跟老闆聊聊開店的歷史和店名的由來。
4. 請好好利用 1～3 的資料來製作 3～5 分鐘的影片（可以使用 PPT 或 TikTok 等方法來編輯）。

   ＊貼心小提醒：如想將作品上傳至 SNS 的話，請使用以下的肖像授權同意書，取得作品中所有登場者的同意。若未能取得同意，可使用馬賽克，來模糊作品中的登場者。

例 評價表

各個項目所占的比例，教師可視教學目標及成效在班級上自行決定。

評價項目 （占比） 等級	A	B	C	評分
作品時間 （　　％）	未超過 5 分鐘	3～4 分鐘	未滿 3 分鐘	
內容 （　　％）	1～3 的資料都有利用到。	只有利用到兩項左右的資料。	只有利用到一項以下的資料。	
作品表達力 （　　％）	剪輯得很棒，讓整體影片的流程很順暢。	有使用剪輯，整體影片的流程還算順暢，但有些地方會讓人很想提問。	完全沒有剪接。	
總計（100%）				／100

加分項目

貢獻度 （　　％）	你手頭上有 10 分，請依照組員的貢獻度給予分數，在以下分數括號內填入該得分的組員姓名。 5分（　　　　）；3分（　　　　）；2分（　　　　）

肖像授權同意書

本人＿＿＿＿＿＿（以下簡稱為甲方）同意予＿＿＿＿＿＿（以下簡稱乙方）「＿＿＿＿＿＿＿＿＿＿（作品名稱）」使用，並簽署表示接受本同意書之內容。簽署本同意書，即表示雙方願意接受下列所有條款與規範：

一、甲方同意授權由乙方使用其個人宣傳資料及肖像（包含照片及動態影像，以下簡稱肖像）以非獨佔性（non-exclusive）、適用範圍遍及全世界（worldwide）、免版稅（royalty-free）的方式授權乙方從事以下行為：

（一）乙方得以各種管道或印刷方式呈現授權內容之全部或部分並可公開發表，及著作權法賦予著作人所擁有之權益，且可無須再通知或經由甲方同意，但於公開發表時必須尊重甲方個人形象，不得發表於非正當管道（例如情色書刊或網站、交友網站或違反社會風俗之貼圖網站等），如有此情況發生甲方得以立即終止乙方使用其肖像權，並要求乙方賠償其個人形象損失。

（二）雙方同意單獨使用授權肖像來展示及宣傳。乙方並保有視覺設計之著作權利與設計相關合作單位之拍攝、活動、文宣事宜中使用以互助共惠效益之。

（三）如乙方所提供之創作備份於甲方，甲方使用時也應尊重乙方創作權，公開發表時須註明原創者資料。

二、乙方需保密甲方非個人宣傳之私密資料（例如：電話、地址、身分證字號等），未經甲方同意不得擅自外流給合作廠商、參加活動之網站會員、義務工作人員及非乙方正式雇用人員等。

三、甲方需保密乙方拍攝內容、拍攝模式、規劃內容及作業流程，未經乙方同意不得外流。如因商業需要，乙方可要求甲方不得將指定照片公開發表於相簿或部落格。

四、凡因本同意書所生之爭議，簽約雙方同意依中華民國法律及商業慣例，本誠信原則協議解決之；如有訴訟之必要時，立同意書人同意以臺灣＿＿＿＿地方法院為第一審管轄法院。

五、所有和本同意書相關的通知、聲明、要求及通信都必須以書面形式。一旦簽署後即立刻生效，並表示雙方對於本同意書內容的同意。

六、本同意書共一頁一式兩份，由甲乙雙方各持乙份保留，本同意書內容只能在具有雙方簽署同意的書面文件下才能改變內容。

立同意書人雙方簽名並同意本同意書以上規定並會遵守之。

立同意書人簽章：＿＿＿＿＿＿＿（註：20 歲以下未成年人並請法定代理人簽章）

身分證字號：

戶籍地址：

電　　話：

中　華　民　國　　　　年　　　　月　　　　日

12

Unit 12	自我評量	日期：
班級：	座號：	姓名：

1. 透過此活動，更能理解為什麼台灣有名都市或地區會使用外語招牌。

     非常同意 -- 非常不同意

        4   3   2   1

2. 透過此單元的教學活動，我能唸出日語招牌上的假名。

     非常同意 -- 非常不同意

        4   3   2   1

3. 透過此單元的教學活動，我能理解店家使用日語招牌的用意。

     非常同意 -- 非常不同意

        4   3   2   1

4. 透過此單元的教學活動，我對居住地日語招牌的店家歷史及店名由來有更進一步的理解。

     非常同意 -- 非常不同意

        4   3   2   1

5. 在這個單元的教室活動中，我從組員 _____ 那裡學到最多（請於下線填入組員姓名），並於下方的下線寫出具體的理由：

_____

_____

註：在撰寫從同儕那裡學到的東西時，可以從學習單上去思考，
　　是在學習單的哪一個部分，還有同組的誰說的什麼事，讓你
　　對學習單有更深刻的理解。

附録

1.請看羅馬字，圈出對應其發音的平假名。（1題2分，共30分）

(1) a： あ　お　　(6) ka： か　と　　(11) sa： き　さ

(2) i： り　い　　(7) ki： さ　き　　(12) shi： し　く

(3) u： つ　う　　(8) ku： く　つ　　(13) su： あ　す

(4) e： え　ん　　(9) ke： け　し　　(14) se： せ　し

(5) o： お　み　　(10) ko： こ　い　　(15) so： そ　う

2.猜猜看！以下被遮住的平假名是あ〜そ的哪一個呢？請在（　　　　　）寫
下其羅馬拼音。（1題2分，共24分）

(1) （　　　）	(2) （　　　）	(3) （　　　）	(4) （　　　）
む	う	え	い
(5) （　　　）	(6) （　　　）	(7) （　　　）	(8) （　　　）
／	か	け	こ
(9) （　　　）	(10) （　　　）	(11) （　　　）	(12) （　　　）
す	せ	し	て

3. 請依照あ～そ的順序，從〇中選出適切的平假名，並填入□裡！（1題2
   分，共16分）

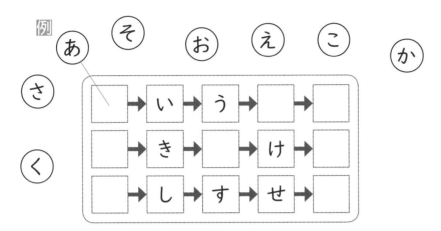

4. 請在_____內填入下列平假名對應的羅馬拼音。（1題3分，共18分）

(1) すし

_____

(2) くさ

_____

(3) うそ

_____

(4) せかい

_____

(5) いえ

_____

(6) かき

_____

5. 請聽音檔，然後選出下列的單字。（1題3分，共12分）🎧 MP3-042

(1) _____ (2) _____ (3) _____ (4) _____

a. すいか

b. あせ

c. うし

d. いけ

附

1. 請看羅馬字，圈出對應其發音的平假名。（1 題 2 分，共 30 分）

(1) ta： た な   (6) na： ま な   (11) ha： は ほ

(2) chi： さ ち   (7) ni： に け   (12) hi： て ひ

(3) tsu： つ し   (8) nu： ぬ め   (13) fu： ふ な

(4) te： こ て   (9) ne： ね れ   (14) he： て へ

(5) to： そ と   (10) no： の つ   (15) ho： ほ ま

2. 猜猜看！以下被遮住的平假名是た～ほ的哪一個呢？請在（　　　　）寫
下羅馬拼音。（1 題 2 分，共 24 分）

(1) (　　　) た	(2) (　　　) と	(3) (　　　) た	(4) (　　　) 小
(5) (　　　) て	(6) (　　　) ゆ	(7) (　　　) に	(8) (　　　) ぬ
(9) (　　　) な	(10) (　　　) ね	(11) (　　　) ひ	(12) (　　　) ほ

3. 請依照た～ほ的順序，從○中選出適切的平假名，並填入□裡！（1 題 2 分，共 16 分）

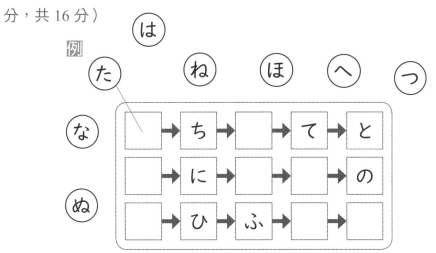

4. 請在＿＿＿＿＿內填入下列平假名對應的羅馬拼音。（1 題 3 分，共 18 分）

(1) て

_____

(2) へそ

_____

(3) ねこ

_____

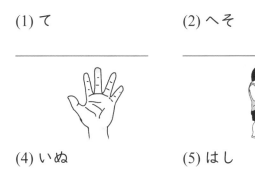

(4) いぬ

_____

(5) はし

_____

(6) ちかてつ

_____

5. 請聽音檔，然後選出下列的單字。（1 題 3 分，共 12 分）🎧 MP3-043

(1) _____ (2) _____ (3) _____ (4) _____

a. おかし　　　b. ほし　　　c. さかな　　　d. ふね

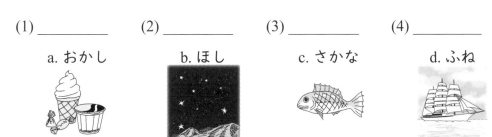

1.請看羅馬字，圈出對應其發音的平假名。（1題2分，共32分）

(1) ma：よ ま　　(7) yu：ね ゆ　　(13) ro：ろ ら
(2) mi：な み　　(8) yo：よ は　　(14) wa：わ ね
(3) mu：む す　　(9) ra：ら う　　(15) wo：て を
(4) me：あ め　　(10) ri：い り　　(16) n：ん え
(5) mo：し も　　(11) ru：る ぬ
(6) ya：や せ　　(12) re：わ れ

2.猜猜看！以下被遮住的平假名是ま～ん的哪一個呢？請在（　　　）寫下羅馬拼音。（1題2分，共32分）

(1) （　）	(2) （　）	(3) （　）	(4) （　）
ま	る	ら	み
(5) （　）	(6) （　）	(7) （　）	(8) （　）
も	む	れ	ゆ
(9) （　）	(10) （　）	(11) （　）	(12) （　）
み	も	り	や
(13) （　）	(14) （　）	(15) （　）	(16) （　）
わ	を	ん	め

3. 請依照ま～ん的順序，從○中選出適切的平假名，並填入口裡！（1題 2分，共16分）

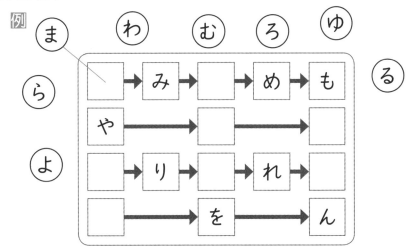

4. 請在_____內填入下列平假名對應的羅馬拼音。（1題 2分，共12分）

(1) とら
_____

(2) もも
_____

(3) かわ
_____

(4) くるま
_____

(5) にわとり
_____

(6) とんかつ
_____

5. 請聽音檔，然後選出下列的單字。（1題 2分，共8分）🎧 MP3-044

(1) _____
(2) _____
(3) _____
(4) _____

a. やま

b. うみ

c. つき

d. よる

1. 回想看看班上的學習活動。

問題	回答
(1) 來台觀光客中，第二多的國家是：	
(2) 居住在台灣的外國人，哪一國最多：	
(3) 在你居住的城市中，哪一國的外國人最多：	
(4) 台灣人最常去的外國國家是	

2. 聽聽看！圖中的招呼語是 a、b、c 的哪一個？ 🎧 MP3-045

(1)	(2)	(3)
(a　b　c)	(a　b　c)	(a　b　c)

3. 日語的「すみません」可以使用在哪些時候呢？

(1) _____

(2) _____

(3) _____

1. 連連看！（1題2分，共22分）

(1) わたし　　(2) おかあさん　(3) おにいさん　(4) いもうと

・我　　　　　・哥哥　　　　・妹妹　　　　・媽媽

(5) おとうさん　(6) おとうと　　(7) おねえさん　(8) いとこ

・弟弟　　　　・姊姊　　　　・爸爸　　　　・堂哥／表哥

(9) おじさん　　(10) おばさん　　(11) おじいさん

・阿姨／姑姑　　・叔叔／舅舅　　・爺爺／外公

2. 唸唸看！請如例示，圈出長音的地方。（1題2分，共22分）🎧 MP3-046

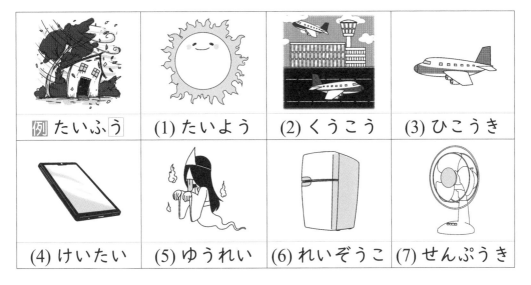

例 たいふう	(1) たいよう	(2) くうこう	(3) ひこうき
(4) けいたい	(5) ゆうれい	(6) れいぞうこ	(7) せんぷうき

3. 聽聽看！請圈出和音檔相同發音的單字。（1題3分，共24分）

 MP3-047

(1)　A おばさん　　　　B おばあさん

(2)　A おじさん　　　　B おじいさん

(3)　A くき　　　　　　B くうき

(4)　A きんこ　　　　　B ぎんこう

(5)　A あし　　　　　　B あじ

(6)　A たいこ　　　　　B だいこん

(7)　A めがね　　　　　B おかね

(8)　A てんき　　　　　B でんき

4. 聽聽看！請在濁音或半濁音的假名上，標上「゛」或「゜」。（1題4分，共32分）🎧 MP3-048

(1)

いちこたいふく

(2)

にきりすし

(3)

うとん

(4)

さるそは

(5)

てんふら

(6)

おてん

(7)

くたもの

(8)

とらやき

1. 關於片假名，請看下面的說明，正確的請打〇，錯誤的請打×。（1題5分，共20分）

    (1) 片假名大多是用來標示外來語。　　　　　　　　　（　　　）

    (2) 國名及人名也常常會使用音譯的方式以片假名來標記。（　　　）

    (3) 片假名改自於中文草書的偏旁。　　　　　　　　　（　　　）

    (4) 片假名的長音概念跟平假名的長音一樣。　　　　　（　　　）

2. 請選出片假名。（1題5分，共30分）

    (1) a　　【　あ　・　ア　】　(2) ku 【　ク　・　く　】

    (3) so　【　そ　・　ソ　】　(4) ta 【　た　・　タ　】

    (5) me　【　め　・　メ　】　(6) ra 【　ラ　・　ら　】

3. 請選出片假名。單選。（1題5分，共30分）

    (1) 【　あ　い　う　エ　お　】　　(2) 【　は　ヒ　ふ　へ　ほ　】

    (3) 【　さ　シ　す　せ　そ　】　　(4) 【　な　に　ぬ　ね　ノ　】

    (5) 【　マ　み　む　め　も　】　　(6) 【　や　　ゆ　　ヨ　】

4. 請選擇適當的文字。（1題5分，共20分）

例 咖哩飯	(1) 滑雪	(2) 個人電腦

【かれい・ カレー 】	【すきい・スキー】	【ぱそこん・パソコン】

(3) 烏龍麵	(4) 咖啡
【うどん・ウドン】	【こうひい・コーヒー】

1. 請聽音檔，選出正確的日文表達。（1 題 3 分，共 18 分）🎧 MP3-049

(1) 【 きゃ　きゅ　きょ 】　　　(2) 【 しゃ　しゅ　しょ 】

(3) 【 にゃ　にゅ　にょ 】　　　(4) 【 りゃ　りゅ　りょ 】

(5) 【 ひゃ　ひゅ　ひょ 】　　　(6) 【 みゃ　みゅ　みょ 】

2. 請聽音檔，選出正確的日文表達。（1 題 3 分，共 24 分）🎧 MP3-050

(1) 教室

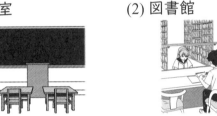

A きょうしつ
B きゃうしつ

(2) 図書館

A としょかん
B としゃかん

(3) 運動場

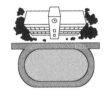

A うんどうじょう
B うんどうじゃう

(4) 留学

A りゅうがく
B りょうがく

(5) 旅行

A りゃこう
B りょこう

(6) 中間テスト

A ちゅうかんテスト
B ちょうかんテスト

(7) 自転車

A じてんしゅ
B じてんしゃ

(8) 教科書

A きょうかしょ
B きゃうかしょ

169

3. 請看圖片，選出適合的日文表達。（1 題 3 分，共 9 分）

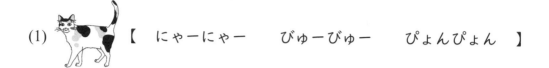

(1) 【　にゃーにゃー　　びゅーびゅー　　ぴょんぴょん　】

(2) 【　にゃーにゃー　　びゅーびゅー　　ぴょんぴょん　】

(3) 【　にゃーにゃー　　びゅーびゅー　　ぴょんぴょん　】

4. 請在下面的漫畫裡，放入 A ～ C 當中合適的擬態語和擬聲語。（1 題 3 分，共 9 分）

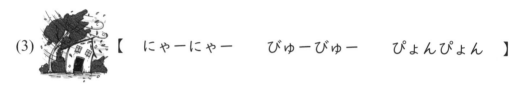

(1) (　　　　　)　　　　　　(2) (　　　　　)　　(3) (　　　　　)

| Aガチャ | Bトントン | Cドンドン |

5. 請聽音檔，選出正確的日文表達。（1 題 3 分，共 30 分）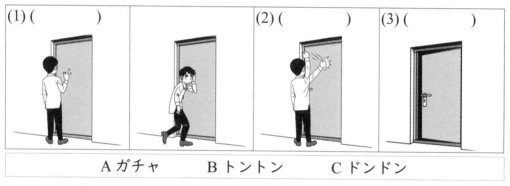 MP3-051

(1) A びょういん　　　B びよういん

(2) A ねこ　　　　　　B ねっこ

(3) A じゆう　　　　　B じゅう

(4) A かこ　　　　　　B かっこ

(5) A ろっく　　　　　B ろく

(6) A いしや　　　　　B いしゃ

(7) A さか　　　　　　B サッカー

(8) A きて　　　　　　B きって

(9) A しよう　　　　　B ショー

(10) A きく　　　　　　B キック

6. 請聽音檔，有促音「っ」的話，請在 ⊞ 裡的正確位置寫上「っ／ッ」，
   沒有促音「っ／ッ」的話，請在 ⊞ 裡寫×。（1 題 2 分，共 10 分）

🎧 MP3-052

(1)（失誤／失敗）　　し ⊞ ぱ ⊞ い

(2)（發現）　　　　　は ⊞ け ⊞ ん

(3)（實驗）　　　　　じ ⊞ け ⊞ ん

(4)（滑雪）　　　　　ス ⊞ キ ⊞ ー

(5)（貨車）　　　　　ト ⊞ ラ ⊞ ク

1. 連連看！（1題3分，共30分）

(1) パン　　　　　・　　　　　・蛋

(2) やさい　　　　・　　　　　・水果

(3) たまご　　　　・　　　　　・麵包

(4) さかな　　　　・　　　　　・蔬菜

(5) にく　　　　　・　　　　　・湯

(6) くだもの　　　・　　　　　・魚

(7) ごはん　　　　・　　　　　・肉

(8) スープ　　　　・　　　　　・吃

(9) たべます　　　・　　　　　・喝

(10) のみます　　　・　　　　　・飯

2. 請選適當的動詞。（1題3分，共15分）

(1) ごはんを【たべます・のみます】。

(2) スープを【たべます・のみます】。

(3) 水を【たべます・のみます】。

(4) 雞排を【たべます・のみます】。

(5) 珍珠奶茶を【たべます・のみます】。

3. 請選擇適當的名詞。（1題5分，共10分）

(1)【にく・みず・スープ】を　食^たべます。

(2)【みそしる・コーヒー・やさい】を　飲^のみます。

4. 請選適當的形容詞。可複選。（1題5分，共25分）

例）麻辣火鍋は【b 熱^{あつ}いです／e 有名^{ゆうめい}です／h 辛^{から}いです】。

(1) 胡椒餅は【　　　　　　　　　　】。

(2) 月餅は【　　　　　　　　　　】。

(3) 滷味は【　　　　　　　　　　】。

(4) 柚子は【　　　　　　　　　　】。

(5) 剉冰は【　　　　　　　　　　】。

a おいしいです	b 熱^{あつ}いです	c 甘^{あま}いです
d 安^{やす}いです	e 有名^{ゆうめい}です	f やわらかいです
g いい匂^{にお}いです	h 辛^{から}いです	i 好^すきです

5. 請用日文或羅馬拼音回答下列的問題。（20分）

(1) 朝^{あさ}ごはん、何^{なに}を食^たべますか。（5分）

(2) 毎日^{まいにち}、何^{なに}を飲^のみますか。（5分）

(3) 請看照片，並用日文介紹。（10 分）

2-1
各 Unit 中「Task」的解答

本書「Task」的問題，大部分屬於開放式，請大家在上課時與同學一起調查、一起討論。其餘有標準答案的問題，解答如下：

Unit 02

Task 01

母音：a／i／u／e／o

子音：k／t／h／s／n／m／y／r

Task 02

1.

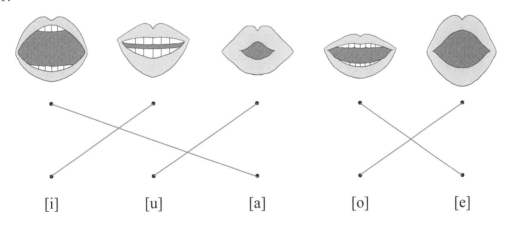

[i]　　　　[u]　　　　[a]　　　　[o]　　　　[e]

Unit 03

Task 01

1.（1）B　（2）A　（3）D　（4）E　（5）C

2. B、E

3.（1）兩種　（2）五種（漢字、平假名、羅馬字、韓語、簡體中文）

　（3）六種（漢字、平假名、片假名、羅馬字、韓語、簡體中文）

Task 02

1. ○ 2. ○ 3. ○ 4. ○ 5. ×

Unit 04

Task 01

實線：行

虛線：段

3.「こ（ko）」是___か（ka）___行的___お（o）___段的字。

4.「に（ni）」是___な（na）___行的___い（i）___段的字。

Task 03

平假名	すし	いけ	かき	うし
羅馬拼音	su shi	i ke	ka ki	u shi
平假名	おかし	いす	いし	しか
羅馬拼音	o ka shi	i su	i shi	shi ka
平假名	さけ	すいか	くさ	こい
羅馬拼音	sa ke	su i ka	ku sa	ko i
平假名	あせ	こい	しお	うそ
羅馬拼音	a se	ko i	shi o	u so
平假名	かき	い	せかい	いえ
羅馬拼音	ka ki	i	se ka i	i e

Unit 05

Task 02

平假名	たこ	たけ	ちかてつ	つき
羅馬拼音	ta ko	ta ke	chi ka te tsu	tsu ki
平假名	さかな	おかね	にく	ほね
羅馬拼音	sa ka na	o ka ne	ni ku	ho ne
平假名	はし	いぬ	ねこ	ふね
羅馬拼音	ha shi	i nu	ne ko	fu ne
平假名	はと	はち	ひふか	ほし
羅馬拼音	ha to	ha chi	hi fu ka	ho shi

平假名	くのいち	て	へ	へそ
羅馬拼音	ku no i chi	te	he	he so

Task 02

平假名	みかん	くり	もも	れんこん
羅馬拼音	mi ka n	ku ri	mo mo	re n ko n
平假名	やきにく	とんかつ	やま	うみ
羅馬拼音	ya ki ni ku	to n ka tsu	ya ma	u mi
平假名	よる	かわ	あめ	くもり
羅馬拼音	yo ru	ka wa	a me	ku mo ri
平假名	はれ	かみなり	ゆき	くるま
羅馬拼音	ha re	ka mi na ri	yu ki	ku ru ma
平假名	おふろ	にわとり	ひよこ	むし
羅馬拼音	o fu ro	ni wa to ri	hi yo ko	mu shi

Task 03

2.

① 母親：おはよう。　　　　　女兒：おはよう。

② 學生 A：おはよう。　　　　學生 B：おはよう。

③ 學生：おはようございます。　鄰居：おはよう。

④ 學生：おはようございます。　老師：おはよう。

Task 01

1.

	A	B		A	B
例	おとさん o to sa n	おと**う**さん o to u sa n	①	おかさん o ka sa n	おか**あ**さん o ka a sa n
②	おにさん o ni sa n	おに**い**さん o ni i sa n	③	おねさん o ne sa n	おね**え**さん o ne e sa n
④	いもと i mo to	いも**う**と i mo u to	⑤	おとと o to to	おと**う**と o to u to

2.

中文	日語	有沒有長音呢？
例 a. 爸爸	おと**う**さん（お父さん） o to u sa n	有 ・ 沒有
b. 媽媽	おか**あ**さん（お母さん） o ka a sa n	有 ・ 沒有
c. 哥哥	おに**い**さん（お兄さん） o ni i sa n	有 ・ 沒有
d. 弟弟	おと**う**と（弟） o to u to	有 ・ 沒有
e. 姊姊	おね**え**さん（お姉さん） o ne e sa n	有 ・ 沒有
f. 妹妹	いも**う**と（妹） i mo u to	有 ・ 沒有
g. 我	わたし（私） wa ta shi	有 ・ 沒有

3.

中文	日語	有沒有長音呢？
a. 冰塊	こ**お**り（氷） ko o ri	有 ・ 沒有
b. 空氣	く**う**き（空気） ku u ki	有 ・ 沒有
c. 高中	こ**う**こ**う**（高校） ko u ko u	有 ・ 沒有

d. 愛	あい（愛） a i	有　・　(没有)
e. 房子	いえ（家） i e	有　・　(没有)
f. 手機	け(い)たい（携帯） ke i ta i	(有)　・　没有
g. 桌子	つくえ（机） tsu ku e	有　・　(没有)
h. 手錶	とけ(い)（時計） to ke i	(有)　・　没有

Task 02

1.

中文		日語
a. 爺爺	c. 外公	お（し・(じ)）いさん o　shi　ji　i sa n
b. 奶奶	d. 外婆	お（は・(ば)）あさん o　ha　ba　a sa n
e. 叔叔／伯伯	g. 舅舅	お（し・(じ)）さん　（伯父さん・叔父さん） o　shi　ji　sa n
j. 姑丈	l. 姨丈	
f. 姑姑	h. 阿姨	お（は・(ば)）さん　（伯母さん・叔母さん） o　ha　ba　sa n
i. 嬸嬸／伯母	k. 舅媽	
m.（　堂　）哥／弟／姊／妹		い（(と)・ど）こ　（従兄弟／従姉妹） i　to　do　ko
n.（　表　）哥／弟／姊／妹		

3. ① (bi)　② (gi)　③ (da)　④ (ji)

Task 03

1.

中文		日語
a. 學弟	b. 學妹	後輩（ こうはい ・ こうほい ） ko u ha i　　　ko u ho i
c. 學姊	d. 學長	先輩（ せんはい ・ せんぱい ） se n ha i　　　se n pa i
e. 朋友		友達（ ともだつ ・ ともだち ） to mo da tsu　to mo da chi
f. 老師		先生（ せいせい ・ せんせい ） se i se i　　　se n se i

3. ① (pi)　② (pe)　③ (po) (po)　④ (pa)　⑤ (pu)　⑥ (po)

Unit 09

Task 02

1. A. 草書

4. ① サ (ラ・ウ) ダ　② (セ・ピ) ザ　③ プリ (ソ・ン)
　④ アイ (ヌ・ス)　⑤ (ラ・テ) イス

Task 03

1.

媽媽：おか（あ）さん　　　姊姊：おね（え）さん
哥哥：おに（い）さん　　　爸爸：おと（う）さん
空氣：く（う）き　　　　　妹妹：いも（う）と
英語：え（い）ご　　　　　弟弟：おと（う）と

2.（解答例）片假名的長音，可以使用符號「ー」表達。

3. ① スキー　② ケーキ　③ ノート

ウォーミングアップ 02

A. (英語)   B. (法語)   C. (日語)   D. (中文)

E. (印尼語)   F. (韓語)   G. (西語)

Task 01

1.

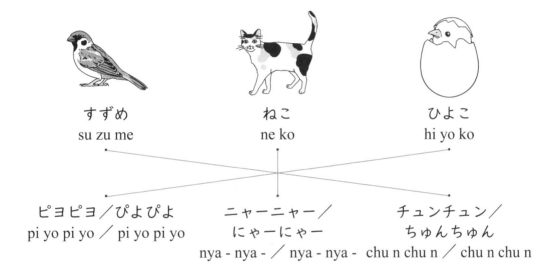

2.

Task 02

1. ③

　　A　あははは
　　　　a ha ha ha

　　B　あっはっはっは
　　　　a●ha●ha●ha

2. ① b　② a　③ a

3. ① ドッカーン　② ピカッ　③ ワオーン　④ ピッピッピッピッピー

Unit 11

Task 01

3. f- ご飯　c- 魚　a- パン

　　d- 野菜　b- 牛乳　i- 果物

　　g- 肉　h- 玉子焼き　e- スープ

2-2

エクササイズ解答

Unit 04

1. 請看羅馬字，圈出對應其發音的平假名。

(1) あ　(2) い　(3) う　(4) え　(5) お

(6) か　(7) き　(8) く　(9) け　(10) こ

(11) さ　(12) し　(13) す　(14) せ　(15) そ

2. 猜猜看！以下被遮住的平假名是あ〜そ的哪一個呢？請在（　　　　　）寫下其羅馬拼音。

(1) o　(2) u　(3) e　(4) i

(5) ku　(6) ka　(7) ke　(8) ko

(9) su　(10) se　(11) shi　(12) so

3. 請依照あ〜そ的順序，從〇中選出適切的平假名，並填入□裡！

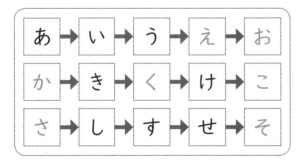

4. 請在＿＿＿＿內填入下列平假名對應的羅馬拼音。

(1) su shi　(2) ku sa　(3) u so　(4) se ka i　(5) i e　(6) ka ki

5. 請聽音檔，然後選出下列的單字。

(1) c　(2) b　(3) d　(4) a

1. 請看羅馬字，圈出對應其發音的平假名。

(1) た　(2) ち　(3) つ　(4) て　(5) と

(6) な　(7) に　(8) ぬ　(9) ね　(10) の

(11) は　(12) ひ　(13) ふ　(14) へ　(15) ほ

2. 猜猜看！以下被遮住的平假名是た〜ほ的哪一個呢？請在（　　　　　）寫下羅馬拼音。

(1) ta　(2) to　(3) chi　(4) fu

(5) te　(6) no　(7) ni　(8) nu

(9) na　(10) ne　(11) hi　(12) ho

3. 請依照た〜ほ的順序，從〇中選出適切的平假名，並填入□裡！

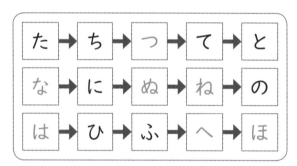

4. 請在＿＿＿＿內填入下列平假名對應的羅馬拼音。

(1) te　(2) he so　(3) ne ko　(4) i nu　(5) ha shi　(6) chi ka te tsu

5. 請聽音檔，然後選出下列的單字。

(1) a　(2) c　(3) d　(4) b

1. 請看羅馬字，圈出對應其發音的平假名。

(1) ま　(2) み　(3) む　(4) め　(5) も　(6) や

(7) ゆ　(8) よ　(9) ら　(10) り　(11) る　(12) れ

(13) ろ　(14) わ　(15) を　(16) ん

2. 猜猜看！以下被遮住的平假名是ま～ん的哪一個呢？請在（　　　　　　）寫下羅馬拼音。

(1) ma　(2) ru　(3) ra　(4) ro

(5) yo　(6) mu　(7) re　(8) yu

(9) mi　(10) mo　(11) ri　(12) ya

(13) wa　(14) wo　(15) n　(16) me

3. 請依照ま～ん的順序，從○中選出適切的平假名，並填入口裡！

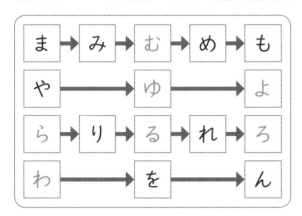

4. 請在＿＿＿＿＿＿內填入下列平假名對應的羅馬拼音。

(1) to ra　(2) mo mo　(3) ka wa

(4) ku ru ma　(5) ni wa to ri　(6) to n ka tsu

5. 請聽音檔，然後選出下列的單字。

(1) d　(2) b　(3) c　(4) a

Unit 07

1. 回想看看班上的學習活動。

答案可能會因情況而異，因此請參考當時的最新資訊。

2. 聽聽看！圖中的招呼語是 a、b、c 的哪一個？

(1) b　(2) a　(3) c

3. 日語的「すみません」可以使用在哪些時侯呢？

(1) 道歉的時候　(2) 說謝謝的時候　(3) 叫店員的時候

1. 連連看！

(1) わたし　　(2) おかあさん　　(3) おにいさん　　(4) いもうと

・我　　　　・哥哥　　　　・妹妹　　　　・媽媽

(5) おとうさん　　(6) おとうと　　(7) おねえさん　　(8) いとこ

・弟弟　　　・姊姊　　　・爸爸　　　　・堂哥／表哥

(9) おじさん　　(10) おばさん　　(11) おじいさん

・阿姨／姑姑　　　・叔叔／舅舅　　　・爺爺／外公

2. 唸唸看！請如例示，圈出長音的地方。

(1) たいよ|う|　　(2) く|う|こ|う|　　(3) ひこ|う|き
(4) け|い|たい　　(5) ゆ|う|れい　　(6) れ|い|ぞうこ
(7) せんぷ|う|き　　(8) おいし|い|　　(9) かわい|い|
(10) ち|い|さい　　(11) お|お|き|い|

3. 聽聽看！請圈出和音檔相同發音的單字。

(1) おばさん　(2) おじいさん　(3) くうき　(4) ぎんこう
(5) あし　(6) たいこ　(7) めがね　(8) でんき

4. 聽聽看！請在濁音或半濁音的假名上，標上「゛」或「゜」。

(1) いちごだいふく　(2) にぎりずし　(3) うどん　(4) ざるそば
(5) てんぷら　(6) おでん　(7) くだもの　(8) どらやき

1.關於片假名，請看下面的說明，正確的請打○，錯誤的請打 ×。

(1) ○　(2) ○　(3) ×　(4) ○

2.請選出片假名。

(1) ア　(2) ク　(3) ソ　(4) タ　(5) メ　(6) ラ

3.請選出片假名。單選。

(1) エ　(2) ヒ　(3) シ　(4) ノ　(5) マ　(6) ヨ

4.請選擇適當的文字。

(1) スキー　(2) パソコン　(3) うどん　(4) コーヒー

1.請聽音檔，選出正確的日文表達。

(1) きゅ　(2) しゃ　(3) にょ　(4) りょ　(5) ひゃ　(6) みゅ

2.請聽音檔，選出正確的日文表達。

(1) A　(2) A　(3) A　(4) A　(5) B　(6) A　(7) B　(8) A

3.請看圖片，選出適合的日文表達。

(1) にゃーにゃー　(2) ぴょんぴょん　(3) びゅーびゅー

4.請在下面的漫畫裡，放入 A ～ C 當中合適的擬態語和擬聲語。

(1) B　(2) C　(3) A

5.請聽音檔，選出正確的日文表達。

(1) A　(2) A　(3) A　(4) B　(5) B　(6) B　(7) B　(8) A　(9) B　(10) A

6.請聽音檔，有促音「っ」的話，請在 ┼┼ 裡的正確位置寫上「っ／ッ」，
沒有促音「っ／ッ」的話，請在 ┼┼ 裡寫 ×。

(1) しっぱい（し つ ぱ × い）　　(2) はっけん（は つ け × ん）

(3) じっけん（じ つ け × ん）　　(4) スキー（ス × キ × ー）

(5) トラック（ト × ラ ック ク）

1. 連連看！

(1) パン ・　　　　・ 蛋

(2) やさい ・　　　　・ 水果

(3) たまご ・　　　　・ 麺包

(4) さかな ・　　　　・ 蔬菜

(5) にく ・　　　　・ 湯

(6) くだもの ・　　　　・ 魚

(7) ごはん ・　　　　・ 肉

(8) スープ ・　　　　・ 吃

(9) たべます ・　　　　・ 喝

(10) のみます ・　　　　・ 飯

2. 請選適當的動詞。

(1) たべます　(2) のみます　(3) のみます　(4) たべます　(5) のみます

3. 請選擇適當的名詞。

(1) にく　(2) みそしる・コーヒー

4. 請選適當的形容詞。可複選。（解答例）

(1) a おいしいです／b 熱いです／g いい匂いです　(2) c 甘いです

(3) a おいしいです／i 好きです　(4) g いい匂いです

(5) a おいしいです／i 好きです

5. 請用日文或羅馬拼音回答下列的問題。（解答例）

(1) パンを食べます。

(2) 水を飲みます。

(3) これは豆花です。甘いです。やわらかいです。好きです。

　　おいしいです。

3

五十音表

平假名 五十音（清音） 🎧 MP3-053

	わ行	ら行	や行	ま行	は行	な行	た行	さ行	か行	あ行	
ん n	わ wa	ら ra	や ya	ま ma	は ha	な na	た ta	さ sa	か ka	あ a	あ段
		り ri		み mi	ひ hi	に ni	ち chi	し shi	き ki	い i	い段
		る ru	ゆ yu	む mu	ふ fu	ぬ nu	つ tsu	す su	く ku	う u	う段
		れ re		め me	へ he	ね ne	て te	せ se	け ke	え e	え段
	を wo	ろ ro	よ yo	も mo	ほ ho	の no	と to	そ so	こ ko	お o	お段

平假名 五十音（濁音・半濁音） 🎧 MP3-054

ぱ行	ば行	だ行	ざ行	が行	
ぱ pa	ば ba	だ da	ざ za	が ga	あ段
ぴ pi	び bi	ぢ ji (di)	じ ji	ぎ gi	い段
ぷ pu	ぶ bu	づ zu (du)	ず zu	ぐ gu	う段
ぺ pe	べ be	で de	ぜ ze	げ ge	え段
ぽ po	ぼ bo	ど do	ぞ zo	ご go	お段

ら行	ま行	は行	な行	た行	さ行	か行
りゃ	みゃ	ひゃ	にゃ	ちゃ	しゃ	きゃ
rya	mya	hya	nya	cha	sha	kya
りゅ	みゅ	ひゅ	にゅ	ちゅ	しゅ	きゅ
ryu	myu	hyu	nyu	chu	shu	kyu
りょ	みょ	ひょ	にょ	ちょ	しょ	きょ
ryo	myo	hyo	nyo	cho	sho	kyo

ぱ行	ば行
ぴゃ	びゃ
pya	bya
ぴゅ	びゅ
pyu	byu
ぴょ	びょ
pyo	byo

だ行	ざ行	が行
ぢゃ	じゃ	ぎゃ
ja (dya)	ja	gya
ぢゅ	じゅ	ぎゅ
ju (dyu)	ju	gyu
ぢょ	じょ	ぎょ
jo (dyo)	jo	gyo

片假名 五十音（清音）

 MP3-056

	ワ行	ラ行	ヤ行	マ行	ハ行	ナ行	タ行	サ行	カ行	ア行	
ン n	ワ wa	ラ ra	ヤ ya	マ ma	ハ ha	ナ na	タ ta	サ sa	カ ka	ア a	ア段
		リ ri		ミ mi	ヒ hi	ニ ni	チ chi	シ shi	キ ki	イ i	イ段
		ル ru	ユ yu	ム mu	フ fu	ヌ nu	ツ tsu	ス su	ク ku	ウ u	ウ段
		レ re		メ me	ヘ he	ネ ne	テ te	セ se	ケ ke	エ e	エ段
	ヲ wo	ロ ro	ヨ yo	モ mo	ホ ho	ノ no	ト to	ソ so	コ ko	オ o	オ段

片假名 五十音（濁音・半濁音）

 MP3-057

パ行	バ行	ダ行	ザ行	ガ行	
パ pa	バ ba	ダ da	ザ za	ガ ga	ア段
ピ pi	ビ bi	ヂ ji (di)	ジ ji	ギ gi	イ段
プ pu	ブ bu	ヅ zu (du)	ズ zu	グ gu	ウ段
ペ pe	ベ be	デ de	ゼ ze	ゲ ge	エ段
ポ po	ボ bo	ド do	ゾ zo	ゴ go	オ段

ラ行	マ行	ハ行	ナ行	タ行	サ行	カ行
リャ rya	ミャ mya	ヒャ hya	ニャ nya	チャ cha	シャ sha	キャ kya
リュ ryu	ミュ myu	ヒュ hyu	ニュ nyu	チュ chu	シュ shu	キュ kyu
リョ ryo	ミョ myo	ヒョ hyo	ニョ nyo	チョ cho	ショ sho	キョ kyo

パ行	バ行
ピャ pya	ビャ bya
ピュ pyu	ビュ byu
ピョ pyo	ビョ byo

ダ行	ザ行	ガ行
ヂャ ja (dya)	ジャ ja	ギャ gya
ヂュ ju (dyu)	ジュ ju	ギュ gyu
ヂョ jo (dyo)	ジョ jo	ギョ gyo

國家圖書館出版品預行編目資料

看看世界，認識日本 輕鬆互動學日語五十音 /
虞安壽美、澤田尚美、羅曉勤著
-- 初版 -- 臺北市：瑞蘭國際，2022.10
200 面；19 x 26 公分 --（日語學習系列；66）
ISBN：978-986-5560-89-8（平裝）
1.CST：日語 2.CST：讀本

803.18   111015780

日語學習系列 66
看看世界，認識日本 輕鬆互動學日語五十音

作者｜虞安壽美、澤田尚美、羅曉勤
責任編輯｜葉仲芸、王愿琦
校對｜虞安壽美、澤田尚美、羅曉勤、葉仲芸、王愿琦

日語錄音｜虞安壽美、澤田尚美、藤原一志
錄音協助｜徐志妗、Abigail Janet Hirsch、Le Thi Nhan
錄音室｜采漾錄音製作有限公司
封面設計、版型設計｜劉麗雪
內文排版｜陳如琪
美術插畫｜吳晨華

瑞蘭國際出版
董事長｜張暖彗 · 社長兼總編輯｜王愿琦
編輯部
副總編輯｜葉仲芸 · 主編｜潘治婷
設計部主任｜陳如琪
業務部
經理｜楊米琪 · 主任｜林湲洵 · 組長｜張毓庭

出版社｜瑞蘭國際有限公司 · 地址｜台北市大安區安和路一段 104 號 7 樓之一
電話｜(02)2700-4625 · 傳真｜(02)2700-4622 · 訂購專線｜(02)2700-4625
劃撥帳號｜19914152 瑞蘭國際有限公司
瑞蘭國際網路書城｜www.genki-japan.com.tw

法律顧問｜海灣國際法律事務所 呂錦峯律師

總經銷｜聯合發行股份有限公司 · 電話｜(02)2917-8022、2917-8042
傳真｜(02)2915-6275、2915-7212 · 印刷｜科億印刷股份有限公司
出版日期｜2022 年 10 月初版 1 刷 · 定價｜450 元 · ISBN｜978-986-5560-89-8

◎ 版權所有 · 翻印必究
◎ 本書如有缺頁、破損、裝訂錯誤，請寄回本公司更換
PRINTED WITH SOY INK 本書採用環保大豆油墨印製

瑞蘭國際